U0896695

有点爱是安静的

柳文龙——著

长江出版传媒 | 长江文艺出版社

2023年嘉兴市文化精品工程重点扶持项目

柳文龙

浙江浦江人，中国作家协会会员。在《诗刊》《星星》《诗歌月刊》《当代·诗歌》等发表诗作，有作品获奖并入选各种诗歌选本。已出版诗歌专集《观照》《米粒上的湖》《彼岸千年》《发轫：杭嘉湖平原诗札》等7部。现居嘉兴。

目　录

第一辑　风在夏至前迁徙

第二辑 蜗牛碎念

第三辑　开不败的烈焰

第四辑　墨老虎

第五辑　植物迷途

第六辑　隐于万物

第一辑

风在夏至前迁徙

玻璃的境界

你折射出碎屑……尘埃下卑微
落定前必然是大风起兮
你能牵引我的
一种力量的递减，不同于脉搏减弱
让俗世重归疲惫旅途

当你再次拽住光束两端
光线紧赶着宇宙速度
又有一片黑暗滑向了深渊
而白昼光亮如新
当你照透我的全身——

一个多棱的灵魂
所溢出的……深邃夜空

入夏以来

垂落的枇杷滚了一地，还有呢
矜持的白兰花，肉身与花瓣
似难以切割的爱，从梅雨中来
她们颜色迷乱……脱离繁芜
脱离低级趣味，让我苍老在树荫下
无可救药地接受人间的悲欣

避开了雨帘，也就进入盲道
触摸的星光像一把戒尺
丈量人性弱点，窥视植被的内心
哪条食物链会断开新鲜的
召唤，加持复仇者的蛮荒之地
当一滴雨水，从枝头跃向黑夜深渊
千树万树的呼声打开了心扉
我从暗沉的星光抽身而出
指纹上斗箕游戏，将给予我——
高山流水般的豁达、乐观，今晚
不再关心东南方向，星宿凶吉

路漫漫

因为立场不稳，我选择相向而行
从落日余晖，找到一根竹梢的
支撑点——今晚最后的驿站
可以放下所有轻风，对着偌大竹园
放下身躯……我全身的均衡
不管能否使得上力气，欢乐的小路啊
一切早已进入箬叶，穿梭梦想
——往生路，踩出凌散步子
我摇晃双脚……恍若万象在更新
并非道路选择了历程
因迷失而责难路边的野花
弦月，像我留住的春夜痛点
黑暗的另一半——锁骨中的隐忍
又一辆车就这样被我们放弃

夜　路

我迈出的脚步，叠加、累计
算上命运以外滚木礌石
一次次碾压、解散——身后的影子
内阁，独步而高尚的人格
诗歌成为我的独立宪章
当一条路被另一条道取代
归并人间太多的浮华
梧桐籽和冷雨，蕉叶与纷披长发
从这个晚上，萃取另一种黑色
无法揣摩的异度空间
其实就是被光明笼罩的暗箱
里面收藏着漫长的人间
我回头看看，空气清香，乱花渐欲
白白浪费了一番感情
被夜色抽出一段曲折小路……

唱　响

冬天，我蜷缩成孤独的文字
而诗歌寒冷的枝头
摇曳另一种孤独者绝唱
我赞美所有完美或不完美
唱响刚刚开始，就有雏鸟扑地不起
我描述美丽，黄叶泛起了血色

树叶舒展不了戾气
缝制一件脆弱的霓裳羽衣
甚至折出一只纸鸢
飞出面前的苍茫世界

仅仅作为死亡的哀伤
通过乌鸦嘴，口口相传
雀巢里盛放四月的轻风，重重的
浮光，春天从花瓣撕开口子

诗歌像树疤上的虫眼——
渺小、羸弱，有点自闭倾向
我卸下一点灵感、伤痛
朝枝上的余生跃去

昆仑雪

这山望着那山远逝，其实我
早已失去了高度，天空与头顶
只隔着一朵雪花的距离
隔着孤影下的、淡淡的思念
人在飘移，或许比温度下降
更能体现昆仑雪菊的轻盈
寒风的漩涡中央，手指——
捻动万物之源，我隐约感觉其间的
一股暖流，从心底穿透万仞绝壁
一簇簇光线，拥抱了千堆雪
拥抱了朝飞暮卷的另一个世界
拥抱了生与死，贫和贱
这时光我等待多时：光芒抖动翅翼
竟如此庄重地拥抱了
另一束光芒，我无限开阔的人生
将大白于天下。雪山浮起
在峰顶盘旋千年的游隼，一声长啸
这晨起的寒风吹白了双鬓
脚印散落人间

日暮乡关

等到翻过了月河，心潜入烟火
我无法抗拒——灶神的长臂管辖
描画错位了的白须髯
指向遥远的未来或
神情……雨的方向未明
我躲避灶火，抱紧一生的疼痛和无奈
把过往日子想成来世之恋
石桥没有下坡，水草缠住月光
太多糖瓜——像弦月下壁虎
无法粘住黑暗的怀疑
我将石级，当作云梯前台阶
河水里的乌背鲫呵，早已游过人间
顺着桨划来都是往生路
波纹低眉善目，先人的智慧
——祭灶，流传的暗语，水化为风
我被风吹还原地，像个落单的外乡人

雨中黄昏

想不到雨水也会复盘，滴滴答答
多少时间过后，冬的黄昏
寂寞中输送淡淡的光泽
水注穿透着青冈叶、瓦片
屋顶蛛网丧失了领地
她躺入棉被，像只受潮的蜘蛛
开始清理凌乱肉体
厌恶……雨声、风声、男女关系
年月不再是她内心的天敌
孕育更小的那只蜘蛛。看吧
暮光抽出一根根的针刺，痛了
无非换个高度，吐丝——在我面前
没有一条发光的尾巴，因为这满屋阴鸷
我拎来的米、油和糟粕，所谓垂怜
或许是两滴水，各自收敛自己的余晖

蜡　梅

我们在蜡梅底下制作香气
如果有了杂念，就想构筑起一道
思想樊篱，早一步垒起自己
隔离肉体的多重伤害
把剩余的杂音全部挥霍
——枝头没有花骨朵了，从此
绮丽的精神生活，似乎用完
花蕊点点涟漪、烛光里的江南祭
而腊月残缺的美好，仿佛在接纳我的
诚意，落瓣盛起生命甘露
弥坚的老豆荚，饱含深情的虫鸣
寒风吹来了不速之客……
所有的沉湎，再次误入梦境
我睡去，树叶摇曳，满屋馨香
没有什么事情会来打扰

月光而已

面对这堆废铜烂铁，必须抽出
一根细丝，直通夜的天窗
直通河浜一角，那儿没有人畜骚扰
你大口吐出连篇闲话，让唾沫飞一会
一些情节随光线速转，传导细节
譬如一棵歪脖子黄桷树
高大憔悴，却暴露内心的婉约
一再向水面的倒影摇摆，而事实上
你心如金属般脆弱，易于疲劳
当锈蚀了一部分痛楚
你美梦的框架，搭载到秋天落叶上
黄到极致的颜色，并非命运安排
从杂碎中获取叮当的红利
却仍然一贫如洗。电光石火
只能照亮身后抹不平的交易
遮住更多无声的声音，植入远方
你不会相信前世有多怨，今生
一些牛头马面般的瘢痕
它们盘剥着你的过去，所谓未来——
床前明月光，只是领先了一步

从今不再有往后

梧桐籽似老天撒下的灰尘
头顶的宽叶从未见散落
我们蒙蔽久了，难以听清桐木变成薄板
发出久远的呼声，仿佛一个砍斫之人
丢失木匠身份，以盗木者自居
发亮的贼光全部供给刀刃
走向沉默无语的春夜……无雨
无欲的春夜，黄棕色花苞与寒露
让我不断反省锯木声音
树木内部窥探叶片流泪的样子
一点点靠近枝干，那些肌肤之亲
能够获得久远的一份诚意
获得回旋余地，让手下留情
呆呆地不想被砍断……等待救赎

纷扰你我

干燥的房间，空气浮动着火苗
仅是一根导火索的距离
我们会有隔世的恍惚、畏光
被禁锢的寒蝉，叫声点燃阴影
家具赤脚踩到八月的陷阱
桃花心木的纤腿，插足人间
绕不开的一条不平路
人因缺氧造成大脑昏暗
至少成就了诗歌的胡言乱语
滋生不一样快感，慢慢觉得人生通透
好在我并没从圈椅上入水
滞缓的……仅仅手脚的机械障碍
吸纳更多量，爱与不爱
我还说立秋了人生苍凉如梦
找不到太多的理由颓废
用窗前一点余荫助我联想，好像
决断前沉凝，悄悄地喜欢静默

命运曲

夏天是在藤蔓上着地的
悬挂着未来，有了星星点睛
我们打起风的擦边球
相聚相惜，打消彼此的非分之想
悬浮的楼宇，梧桐叶喂养大的地标
我要弹一把钢的琴，在今夜
金属的音质，尽可软化那些硬骨头
那些无限黑腹、吃里扒外的音符
多少年了，我守身于抖音……空谷足音
除了被渲染的私情，那些花草们
歪长树后，一眼望不穿内心
暴露苍生的挤对心理
高山与流水，厚嘴唇和小麦色
今夏的后现代主义生活
我们理想国中的岛屿
那些被踩扁的音乐，涌起巨浪

夜色中的幻行

一切白光行将消失，落瓣
成为河流倒淌前，最后的挽留
我无法扦插凤仙花，给花香捎去安好
抱紧双臂内变凉的港湾，好像
望穿夏夜萤火虫……虚脱的凌波仙子
国家领土，乡村领水——绵延着微光
星辰，晃起来总会慢半拍
摇醒我的光阴，仿佛收紧黑夜毛孔
为风浪止步，钟情面前神圣
不再冥想烟囱内搭梯子
上天入地，跨过人间宝贵岁月
闻声而动的七星鲈，从鱼巢
带给我隐秘世界的腥风
我藏好火种，接管了今夜的宁静
远方，一只搁浅的小木船
所有航程都在流水上闪烁
我起身前行，像被一片片树叶抽赶

梦想我们的星辰大海

一阵闷雷，一片闪电
内心的涤荡过了河，成为卒
勇敢小兵，流入人间的无量天尊
从不怀疑天空的辽阔无边
倒映我们小小的孤单
月光一夜拂过沉沦岁月
徒手托起自己影子，仿佛呈上的
羊羔，奔腾的热血——另一种美酒
祭祀的绚丽彩霞，洒向云端
在草地上仰望星辰大海
泪涌如潮汐，艾草淹没了沙渚
这种被称为浆麦草的芳草
正从记忆深处勾画理想大地
接纳我匆忙的一生……恍如听到
晨光嘤嘤作响，万物竞相追逐
桑树底下的灰雀各奔天命
只有一群蚁兵在大堤上挺进——

这彻夜的灯火

城市成无数虫豸的避难地
神权衰落了，乡村沦为梅雨的
滥觞，现在的你我——浮在面前
是一个世纪的相遇，对于纷飞麦蝶
该有多余的话相倾相诉
像张开情感之翼，穿过雨季滂沱火线
必将把一场盛大结局，引申伞下
窗口橘灯给予温暖的拥抱
我想告诉你，雨夜让人自恋
为醉而醉了的香雪酒，今夜
或许带你躺入吴中的苏作大床
梦景隔水飘来——承接彼此的内心
为水、为雨、为泪眼静默
电线杆吊起更多的街景，模糊光晕
我们一层层剥开伪装，并非为了辜负

七月留言

七月，雨水仍在误区飘荡
从击掌而鸣的恋人那里，抽身
离弃何止幽长的黄梅季
木槿艰难地摇头，这被贱称为荆牵条的
拘谨之花，与我注定是相向的游戏
没有爱怜、抚慰……曾经木然
有时候植物表现得难以决断
有时候我仿佛错过站台
还是在失联后寻找终点站，以此
我们在手机上编更乱的乱码
发向电杆、站牌、路灯，射向了
街景、树丛和藤蔓下花朵
茫茫星辰大海，蜷缩着曾经的故友
他们是一个个亮点，有时又成了雨点
落在脸颊——多么地意味深长

天地与应答

重逢抵不过一张褪色房契
永远不必渴望，垒在沙器上的裂缝
打开天窗，说着梦里边亮话
一部罗曼蒂克消亡史，一卷窗户纸
我看见展开的山水，温度低于常态
南山头的天竺，呢喃表情包
藏不住寒冷……虚怀若谷的鹰呵
为上帝纸牌屋，运作背叛后的反制
而彼此珍惜过了，未必为情所困
难忘昨夜小楼、东风、愁肠
——仿佛被自己移出了黑名单
随一枚飘来飘去的乌桕叶
由红泛青，等待云彩来接我的余生
深埋心底的又一次怒放
朝朝暮暮的雨声，从不作应答……

永远的雨

永远的雨，并未吻别到柳枝
让铜钱般浮萍，拒绝所有暧昧
河网是我遗漏的旧模样
在此可捉到鲈鳢的响声
潮湿的情景，物我两忘的游弋
好像未曾抵达春天……绿的方向
我想把更多荒谬埋进漩涡
千斤怒波，化解在盈盈一水间
等到河流平坦如绸匹
发亮的仍是鲜活的生活
穿透浩荡东风，安放我的诗歌
到了合拢掌心的时候，天色美好
一条条出逃的鱼苗衔住水草
仿佛童年……掬水产生爱怜的瞬间
无意于汲取快乐、迷离情感
当我站在阵雨底下，察觉到了
每一滴水珠真正的重量

梅雨小舟

雨水来了——
我不是潮湿中的晴朗
彼岸一眼望得到底的边际
水珠顶起泡沫，像膨胀之心
芦荻灰白的朝向，对我倾尽所有
一个人的夏天，那只失去呼吸的小舟
把迷失的路程藏在船头
剩下的路，扬弃在木桨的纠结中

我久久远望，让往事远离堤岸
未见昨夜有哪只飞禽
渡过群星暗沉的银河
我以雁的叫声，催开一朵睡莲
无风不起的浪——总会带走节奏
没有季节，没有指环王的无上至尊
在河水的童话里，蚌壳精
沉入水底的凄美尤物
将是每个捫鱼人活捉的黄梅

风在夏至前迁徙

六月，我从古老的桑基鱼塘
迁徙到离花朵最近的地方
紫薇、蜀葵、栀子花……
梓树永不言弃的远眺
教会我画地为牢
把心有所向，孵化成万物点点胚芽
每粒瘪谷剥开一缕新风
犁和锄，挂在墙头的不老谚语
透出朴实，透出一些焦虑
无法让萤火虫……入眠即化
像我多年的压抑，难以随风离去
沉默的羊羔——田园的嫩草开始呼唤
走近河浜，踏过作物的责难
带着灰雀和她自作多情的卵
在小船也找不到的地方
我无问西东，脚趾上泥土暴露一切
经受过了践踏，风让我渐渐苏醒

改写一个情节

为千秋一别的昨日醉去——
干杯，只有撞见了鬼
才想起你一次，似乎坍塌在戏台边缘
卸了妆的午后，多么地乏善可陈
飞蛾结伴……抱起行将熄灭的火焰
它们呼啸而去，仿佛你我的生死回放
凝固的空气——并非指法生疏
从一根暗线，弹拨……今将是何年
干尽最后一杯清若空，月光初潮
成就别样的相逢、愁绪
台阶拉开距离，人影憧憧
将绞成死结，像掰开的无花果
里边皆是无法回味的碎片

驱　动

车轮里面，是色空的大世界
辐条剔除了虚无时光
勇往直前的力量，压住
大地喘息，和比天命更重的负担
五月与溪流比拼速度
我们早就赤脚上岸，连影子
也具备柏油粘不住的胜算
在南方的黄梅季——谈论天气
仍有心情话说枇杷……黄了
雨伞里，一遍遍被收拢距离
寻找另一把失踪的卷尺
把爱情算作伞骨，久久撑开
那朵精心修复的花骨朵。而齿轮下
灵与肉亲密互换，产生驱动之美

穿　行

由此了结，抽刀断水的念想
浮起小椒草，水葫芦暗藏的恩怨
时光机收割的……此去经年
两岸反复飞漂的碎瓦片
停滞于冥想时刻，曾经伤感的时候
舱板或舵把子，红蓼酒和酒糟鼻
河岸风流的返照，人间逆流
途经清醒后的第一个河埠
在颌下，光线种下大片新鲜的
胡须，怀抱着一个季节的黄梅水
把余下路程，全都搭载到酒液
等我回转神来，恐怕再也无法刺破
一串串鳑鲏鱼般穿行的水珠

水中的火苗

下雨了，窗外梅雨……我的对峙
不正是一场旷日情事
回不去的春天，就让荼蘼送我到
对岸，她堆雪般的颜色
我从此封口，也不言放弃
像晚风，软倒于雪花的托词
或许有一次蓄意怒放
彼此交换叶脉、掌纹，深沉问候
随雨滴穿一个日子，我就
站在院子，晃动水钵里的火苗

春天的边缘

两只狗追逐春光与乱梦
一块骨头，抑或引发为一小段
乱象。目光对视，世俗之外花骨朵
游离于身……它慢慢抬高后腿
随后是抬高的地平线
这些高度，正邪兼容的标识度
被花蕊关闭了通道
——我不知梓树是否木化
一簇簇白花，开败的春天
声声自带节奏的吠声
让废弛生活，注入暮光的动能
——回到各自躯壳吧，我们
抚平心中不堪、某种灰色
放手——狠狠撕咬，嗅遍全身

替　换

月季替换了蔷薇，逼近黄昏的
是活见鬼——替换的某人
我看见树桩，提着白色的吊袜带
被阴风替换成灌木林
春日的生活留下太多癫狂
绊倒的往往情非得已
留驻于心者，替换了逃之夭夭的
妩媚，蓝色妖姬随之凋谢
蓝烟从黄纸上替换话题
也许过午了许多人病了
也许水里面目不详的夕阳
淌着我无奈的前半生
没有钢管厂五区的地缘优势
暗红的小郡肝，已替换了病毒颜色
败落的花瓣，如裹足的舞姿
扭动眼前摇晃着的绿
这涤荡春风，这无心可插的柳

守　望

到了三月，莺远飞了——
而荒草攀缘到篝火的中间
一颗似曾熄灭的心，迷失于春天的河埠
今天，河边的错觉——
不记得凤仙花染红了指甲
十指散落在流水与抖音
像一群逃逸的蝌蚪
找出水下巢穴，由此不再孤独
芦荻、残荷——粘连着隔夜的剪影
划开带毒花冠，沉迷的咒语
把它们归拢在桑烟
纵然长出这么多的枝节
我还是听见火堆哔剥的响声
像木头爆裂，呼鲻鱼洄游

怒　放

那怨恨滋生的花冠，是在
屋内蛊惑下的一次怒放
用来堆砌冬日苍白的心灵
用来维系人生苦短，和塔罗牌
所占卜出的半世哀伤
炉膛之火，少了温暖的前夜
耗尽周身的热量，飘出体内的暴雪
替沙漏争取残缺的时间吧
尊严……掩袖而过的曼陀罗花
看似弱不禁风的幽蓝
也有着诈情与溺爱，或许——
不可预知的黑暗、死亡
无间的恨或复仇，给我沉重一击
余晖遮掩仓皇的内心，不再惧怕自己

第二辑

蜗牛碎念

归　途

风不再是风，雨未被摇醒
太多感恩成掰碎的花瓣
先谢天神，到谢膝下的忠犬
再谢拜活着的——为了枝头蹦出光线
用一种濒临的绝地，遮住青山
绿水所隐去的沉默无语
收紧一片落叶、一滴泪水
痛苦、欢乐和人间消弭的烟火
春光搭载而来万千柳条
久久抽打涤荡的灵魂——我的小船
从手指起飞，似乎没有归途
也没有背弃自己的勇气

修来的天空

玉米是可遇的，飘逸的白胡须不可求
我们扯来遮蔽现实，用来
掩面而泣，用来成全自己的无辜
用来抱紧鹤立之芯，放弃轻呼
把所有的想象释放完了
田头地间距离——才是我的神释
当余生暴露在秸秆，天色愈加油绿
一大团往湖口边奔跑的
云彩，并非我放任的未来
羊头草缠上了脚踝，月亮还没有升起
双脚止住漫漶水势……雾里的路
堤岸直线泛起阵阵弹性
幽远的凄美，变得更加遥不可及
不可惋惜——多妙的嘲讽
修来自己的梦幻天空
一只从湖中捞出的腼腆的蚌精

风雨兼程

寒夜我总听到关节响声
似一只走投无路的夜隼
游走在身上的每一个角落
这不是骨骼叹息，疾风在体内劲吹
梦幻般的漫游踩着痛点
驰越人世间所有迷惘
带不走……今年第一场冬雨
这梦与非梦的穿透、交织
带走了月和薄霭的所有痕迹
留给我一条空荡荡长巷
走进去，却从未想到现在
——坐在车里，拱出一条生命之路
残局的路程……掀开的雨帘看到
满地黄花，金叶缀满头顶

回　声

细雨被挡在门外，雨水
横斜的角度，呈现又一个夹角
当风赶来以后，吹出模糊的时光
蚀刻着眼前景物——变幻莫测
渐近的凝视，体表温热
我们仰望不到更高的天空，对体内
每一条险恶的沟壑……予以畅想
一簇蜡梅似的语言的芳香
尾随远方的火苗漫过冬夜
——为什么夜深了，心还在飞驰
握紧手心，汗渍、盐分……涛声，撕拉
失去水的缤纷，幽蓝魅惑
失去对宽阔的想象——思想自省
像被我扔出窗外的石子
一粒很小的介质，黑夜的深海
产生巨大回响——触底了
仿佛对我的又一次拒绝

吉　日

由此而来的泪涌
不是斑竹表面沉凝，枝梢浮光
和一遍遍反复练习的拔节、逾越
现在，翅膀已拢住时光之草
不再缠绵旧历上生死轮回
我们从摇摇晃晃的稻草人内
——脱身，而未被它的阴影捉走
冬日红霞满天，带着避难的哮天犬
躲开寒气里猩红热、合胞病毒
枝头混搭的暗香，丝袍内体味
簇拥着一点点暗淡的流光
我也忘了伤神。湖光返照，心如止水
因为这风声呵，停泊在指尖
剩下的过程——就是一种
行驶状的、不断覆盖着的飞雪吧
我们终将各奔东西

公园里

端坐在秀清公园长椅
那个让我可暂且托付的地方
没有酒和黄昏时的孤独
没有如烟往事纷扰，就这样——
把自己过渡到夕阳西下

对面茑萝藤蔓，晃动一个个圈套
我一摇摆脖颈，前方就垂落
——好长的一条绳索呵
留下个秘密的死结，引诱我
爱惜名声，小心自己的头颅
让眼光穿越无尽的枯叶
把花萼里的月亮托起来

坐着……就这样消磨石凳韧性
就这样让自己碧叶连天

迷离夜

在黑暗中捉迷藏，和自己影子
一株久未撼动的银杏树
玩起轮回游戏，我从
原地奔驰……等待被你捕获

月光泡软的心情，身体如驱散的黄叶
唯有纷披白发，聚拢树干
压住不断抬头——星星的巢穴

躲过你，躲过我的对酒当歌之夜
一颗白果苦涩的硬核
囚住难以出壳的灵魂
我无所谓，大不了东方将白

误　入

截断我吧，我的暗流与漩涡
我的毛孔打开后的雨夜
出淤泥而周身涂满昨夜的痕迹
等待着被摘取，被一阵狂风掀开
等待血脉偾张——
好一条快船横穿肉体
载满熏风
驶入暮春的帷帐
上岸的跳板搁在胸前
仿佛我无法从今夜醒来
把你送进云朵，送到了时光机
听不见流水——是我在问答
还是你在呢喃
彼此越来越接近真相
你是我的昨夜，是我的残余
是我重生后的某次消亡
长满平庸而安详的初蕾

流 逝

这些白云，填充不了内心虚妄
力抑不断倾斜的穹顶
这些横穿的气流，半途而废
匡护住日益清瘦的弦月光
让这些老去的神仙眷侣
开不败之花，且行天合之乐
让这些苦难留驻秘密花园
——石质的清辉，绵延依旧
让这些相互猜忌、悬疑的目光
为一簇簇垂丝海棠而坠落
让这些丢失的旧手绢
去蒙住鹰眼，从此嗅到亡灵……
让这些风起的仁慈，护佑心灵
让这些流逝中的彩虹糖，去粘住
不实之词，这些再也扯不断的逆耳
忠言，抽去了光芒和天梯

到浪中汲水

尽可忽略了河岸，而躲不掉水势
悄然漫过你的脚踝
河水的颜色绿得怵人
波光在透底，照见了前世之舟
——那根独木、那片苇叶
闭眼也无法移开双桨
起伏的波澜，透视你的第二人生

当你再次显形……蛙状泳姿
仿佛裸睡时的习惯动作
从梦中游来，游到连绵群山
——压痛了双肋。每一朵浪花
每次劫难后相逢，扑面而来
奔腾与浩渺，早已截流于床板上

如果你还能记清船歌
是因为人间浮力……托起你
重生、涅槃、梦呓、不知所措

迷失的浮萍独自在摇

因为这浮萍，被湖面遗忘
春光似弃离我们，干脆就横躺于堤
大写的一个人字，像落单的孤雁
忧伤——暂时抑制不住
在波澜之外，小船孤独的坚守
带走了一颗勇敢的心
我空空的身躯无法平静
丰美水草……鸡头米一般摇曳的植被
把隔岸的幻城引入水中
摘下——开在树冠的云朵
我还想平卧水面，气息如歌
让水柱充盈着全身
湖水低低的吼声，或将凿沉舱板
只有仰头才有落潮汹涌
最细微的光，将我打回原形
这无边的……消隐之痛
这真实的凄美，让我欲罢不能

白雪的造影

风口，一个独身之人
就能挡住冬天的南天门？
雪似乎很大了，天色却一直绵柔
软过狼毫笔的笔端……那一片婉约
——它投下的巨幅的背影
慢慢放低了飘的姿态
它以灰白——编织失意之美
它挽留住的冰冷心情
在每朵雪花上，錾刻爱和悲伤
我闭眼，却已没有霞光
透进松林的声音，砸碎了松果
如果我能歌唱，还想从
无垠的大地一跃而起
是因为听到了雪片的崩裂
这久久凝望、相依……相拥
收起的白雾多么无辜

复制一种雨

这样密集的雨水
我们吟诵之声，呈银色之翼
展开半空，深深一道投影
许多声音开始回放前世
那些万劫不复的幽灵们
撒豆成兵……收拢一支残破军队
而我们未必惧怕背光
顺势凋落美艳歹毒的夹竹桃

隐去一切光彩夺目的唱词
如我们先人，或许他们为雨季叹息
行军、泅渡、潜行……难以痛下杀手
他们从不记得在——雨季走失
哪怕顺着刀刃走来，哪怕血流如注
只有黄梅雨才有救赎的召唤
水滴里一双双睁大的眼睛
我们浑然不觉，撑伞的时候
仿佛进入觉醒年代

梦中朝雨

这一天天假寐，我装不出平静
想在梅雨里泛起事端
把祥云、瑞气收拢身边
我沉吟——却已没有歌谣
这时的黄昏，墙上没有一块苔藓
可以吸附闷热潮湿日子
可以平静地唱一首歌
月光仿佛渐渐生长出绿毛
每扇窗户的位置，飘出一缕亮色
——那只似曾相识的雨燕
涤荡内心的归途
我，一个嗜酒的人
每日清醒的时辰不多
看到窗外绵绵细雨，无可奈何
四周寂静——如潮水散去
我分不清自己，醉了还是醒着
是酣畅还是忧伤，雨水打在玻璃上
醒了……仍飘动一条大河

狭路之路

谢落了，飘无定所的无名繁花
我顺手牵来的那只羊
已走在屠宰的路上
我们的狭路呢？所谓原上草
相逢未必……就是在等待离别
隔了一条缰绳的距离
手心上，泵动不止的心跳
如同我体内——狂奔着七匹狼
而头狼的前方，另一个稚嫩的我
那只真实的、沉默的羔羊
一生都在悠然地啃草，消化哲学
对于芬芳无动于衷，对于屠刀
轻轻哞一声……又哞了一声
来吧，我替你抽上一鞭
狠命的鞭声勾勒你无限隐忍
为你保留一分绚丽：灿如夏花

神　往

水袖甩起，划开一条密道
供莲步轻移，让情网内蜘蛛成精
垂丝海棠悬荡……尖叫着
——今天不出梅
黄梅水还在编织雨帘，遮掩你
一丝丝的惺惺相惜
每朵炽热的花朵，都是一次神凝
我接住落瓣，却已没有话语
坚拒内心深处的——节外生枝
乱风早就吹下最后一片叶
只有真实的花蕊，才把我吐出来
这无尽的思念，让人默默伤神

次第花开

两人一起行走之时，背后
开枝散叶，一棵大树——油然而生
仿佛告诉我：世界是你们的
也是滚动的春雷……劫难下重逢
一次次跟着落叶研习滑翔
面前再无褪去的浮华
让彼此泪流，映衬苍天之眼
在搀扶中抽身，相拥时永不背离
菩提已在心里生根结籽
对于前程了然于胸，对于自我
从来都不做一个人的王者
我只是让坦诚重见彩虹
这七彩的真实，把我打入凡尘
这感伤人间的冰雨，这次第花开
……让我无法自拔

寂静的黎明

算不清屋后的林荫面积，现在
春草初长，有一只竹鸡飞出
清晨以竹园营造静谧
光线开始穿过手掌，使生活
看上去愈加细腻、服帖
——更像一株随风而动的垂柳
开始倒向干涸的河流
仿佛流水……倒灌进体内
眼前呈现了远方与故土
任凭蓝天用鸟语，羽化起落的情景
我歌唱，却遗忘赞美的歌词
当我们沉吟，才懂得：
只有放手才有浪漫之约
飞弹的竹梢——驾驭整个竹林
从我手里挣脱出一片天空
感到放纵，是如此地短暂而幸福

蜗牛碎念

我知道满屋子——除我之外
没有谁听得清你的呼吸
还有，螺体内磬一般共鸣
仿佛隐退山林前
囊括了硬壳内一个道场
其实你仅退出黄昏，从触须上
——抖落夜色，走进我们对视的心灵
就这样席卷慢城，不留痕迹
就这样空有一腔冷血
而我独自一人疾走、摇滚
对你的撕裂……卸下丝帛之轻
如此应答，让群山闭环
你蠕动着世界，我乱了方寸——
再不说跑步的问题

农历五月

树上的槜李曝出酒花香
蠢蠢欲动的黄鳝到了繁殖期：
冷血、畏光、萎琐
雌雄同体——隐秘而伟大
像乱梦中飞翔的松果，会告诉我
爱情领略黑暗的新势力
为了长久厮守，就在今夜飞播欲望
一块丛林……一眼池塘
我静候着，这心灵深处微光
这无名者的重复消亡
肉体涂满雄黄色，不再恐惧

而我仍学做作茧的样子
把自己缚紧，稻草铺就的净土
粘连大地的无限遐想
现在，不必顾及追逐、遣返
和难以揣摩的黄梅细雨
我吐蕊——却已没有芬芳
花谢之时，早就裹入碧绿的箬叶
如果我还能汲取，露珠上
……萌动的心跳
是因为笃信农历五月
——铺开一条漫长的逃亡路

归于水

梅雨季，会让自己问心无愧
蔷薇将脱落带刺的花瓣
细雨被分成无数股势力
声音滴在纸上，绵延着无数问号
它的黑洞，并非自掘于深渊
每注水滴绵延为一种确权
像护佑天空的星辰大海
我们都无法打入它们内部
身后小树苗……随风吹来的森林
我准备好铁块与禀赋
蘸取冰水和炉火
锻打一把阻断泪流的斧子
也阻断雨水漂来的一往情深
——你已经尽力了，倾心月色
夜莺的叫声回归平静

又见湖水

鸳湖领空，没有了苦命的鸳鸯
一种被叫作斑鸠的野鸽子
替代了绝望和美
它的飞翔给心灵带来了辽阔
它让我足下荡漾巨大水波
我不是舵手，一个虚拟的采诗官——
采诗，听歌，导人言，而永不言弃
变幻的迷离烟雨……持久挚爱
芦荻、棹歌、无角菱，我记载下
清丽生活来自翅翼下微风
波痕细分——我们再次相拥在涟漪
湖水，血液里流淌着的缺憾
早已杂糅进木桨的欸乃声……
现在，如果还能平淡地吟诵
你利爪下宁静生活——我将重回过去
蓄水的羽毛晶亮、持久
我呢，产生水上漂的欲念

另一种月光

一朵花就是一个孤独的湖
他久坐在院子里……树欲静
月亮将成为午夜的对话
那些伪装风中的——尘世俗事
落叶从未驶离心灵港湾

记不清编织绳索，曾经沧海
夜似在不间断放下索套
未及闭上眼睛，就有罪恶感
一次次浮现：残桨、绿藻、蜉蝣……
跟随他的冥想，勒紧内心伤痛
——这么多年了，他每一个坐姿
都是无法自拔的忏悔

月光明亮了天空
仅仅抱住一个晚上
他给院落带来无限的平静

漂泊的海

重新找回到那片海滩
——脚印尚存，金沙依旧
我不再亏欠……退去的潮水
深蓝色的温存，哪怕盐舔舐了伤口
痛，一个梦幻者浩大心境
凭借坚韧意念，掬起源头与活水
我无力卷起千堆雪
只想让平静早些降伏：
一张孤帆，一滴容纳苦难的碧水
接住渔火对愁，饥渴的不死鸟……
从我胸中点出虾兵蟹将

没有一条退路可以汹涌到底
剩下了时空，也无法躺平
一次次叠加后的高潮
——给予我低谷、泡沫
和不熄之火，生命漂泊的畏惧

借着光的名义

即使我对前程了然于心
过了这个黄昏，会将小树偷偷
移栽到神祇命名的角落旁
厚土多么苍茫，我未明了的生活
孕育广漠、青葱的丛林法则
一切提前到来的……万物生长
梅雨，内心不甘的甘霖
从暮光中获得敬畏与惊悚
还愿大地对苍生的不断抚慰
丈量脚步，就像树叶一样安然
拂住了风声，心如止水

而我的小路直通未来社区
辨识叶脉上的数字，以黎明破晓
解锁无限拉近的生存哲学
逐流，只为放弃一条倒淌河
行者无法结束的意识流
我打开幻城大门——苦等诸神
把我假释出来，重新收押进一束光
带走累赘的肉，多余的爱
这无道的明君，让我再次涕零

唯有夜在消弭

狗吠声，埋入长夜的痛哭声
把我推向人间，似乎
有一场灾难在等待消弭
月落乌啼，黑暗终究揉成一团
像被我抛弃的枝杈
硕果坠入无边尘世
我早就深陷其中，伸开双翅
窥视到对面另一个自己
此时的影子一定有光的升华
找不到对立的唯我
释放否定之否定的——永恒动能
芳草淹没了一切，整晚
我在疯狂梳理欲望的羽毛
飞奔吧，每只小虱都是爱的轨迹
如同我们，亲密无间的河流
提在爪下——后浪和前浪
从来都是挣扎的过往

窗台祭

在寂寞的飘窗前，一片细雨
涌来无限寒意，等我抬头
那棵被忽略的乌桕树——离云朵近了
我的天际被它挪用、挤占
歌声为细雨声吞没
使我看上去更像一只昏鸦
飞向画地为牢的心境
仿佛羽毛上胜景，勾不起风的联想
我编织无数梦幻之光
四周幽静栅栏……不断通透
等待我疾速穿越地平线

我缄口，已没有春天
稠密的黄梅水，在红叶上咆哮
如果我随玻光变换姿势
分清落花禅寂，月色匆匆
掀起——因无助而遮掩的雨帘
感到窗台，就在悬崖之上

窥见心雨

暮春，那些未凋落的花骨朵
她们吐蕊——埋首到今生的低处
拉近姊妹的距离与情感
那些所有振臂一呼的躯干
都会掏向黑夜的老巢
果实中冷漠、虚妄……似被破壁
摘取了一分苍茫
让我模仿粉蝶之轻，从开始误入
就知道这将是一把败草
枯萎在满是芬芳的小道
像蛙鸣破碎，占有我的阴影

我只是挂念一会，我只是在叶脉
——打上个盹，足够找到今夜良辰
如弦乐般的风声，被我逼入林间空地
不知道她们是在等候，还是拒绝
我挥洒的小雨
从来就是心之所至

雪之舞

大雪，封住半空的凌厉之舞
似锐利的雪珠，奉献一片幽蓝
我看见远水与近火，融会、契合
萃取崭新一角……似梨花初蕾
留给我缺氧后恍惚的新晨
躲不过西风吹拂，迢递出无声回响
梦中荒芜的脚印、雪野仙踪

一次次辨别雪的颜色，我曾经的爱慕
飘在不知名的高山和峡谷
没有丝毫回心转意——从坠入时
就已经割断了所有苦难
在离西天最近的直线距离，通过
手指战栗……弹力，获得一丝丝光感
洞穿万物瞬间，送我们入云霄

一个人的国度

大雪捏出一条旷世银河
山峦从云梯走下
所有纯白色系，皆安慰粉剂
抚平冰川蹿升的火焰
没有起点，开始即意味热力冷却
冻土不断地消融、磨合
——这一切，藏不住胸腔共鸣
以高原漫无边际的语言
手搭凉棚而我只能迎合暮色
吐谷浑的蹄声啊，揉碎了西域飞沙
如果有一百种追赶的理由
我会埋首于鬃毛丛中
听马匹心房泵动，血液流进雪地
诺木洪之神甩给我一道闪电
飞扬或消亡
都是我们的必然王国

第三辑

开不败的烈焰

此山，那山

山峦对峙的结果，我猜不透
天地转瞬……变换着颜色
深灰气息，让我荒废了美的语境
余下诗篇对着向阳山坡
读出心里温暖，我的高亢之诵
尝试过压制住每一座山峰
不再任意挪动初冬下的阴影
让小兽依赖的情感，厚葬雪地深处
现在，我或许真成了一个雪盲
能够触摸到的东西不多，也只有
——空旷和寒冷，死亡与蛊惑
和反复逼近额头的高原：山脉魂归
日月拜别，带走眼中不洁之欲
仿佛认真的雪从未离析——
而我已分辨不出自身
潜行在杭嘉湖平原背面，还是
投入于汉布达山下的倒影
白毛风吹过来，又吹过去……

有点爱是安静的

有些山是他自己拔高的
就像愧对手中氧气罐
喊出了一个骇人的名字，其实
——这是座不可触摸的圣峰
神祇芳名，让他在寒风战栗不已
内心的恐惧，难以击溃这团稀薄空气
余情——剩一朵雪花的重量
压住脚步、背囊，和冰层下岩石

隔着万千群山，向天地讨路
向神明讨回一条往生路
他把生命寄生在一只岩羊身上
它跳跃，他流泪
它泪流，抱着他爱的死亡
把生命默默复述一遍

行走的雪山

满山积雪，留给我的缅怀或消融
只是一条盘桓小路
出逃到生命另一个端口
稀薄气流，可贵的阵线
半枚买路的雪瓣，绽开冷峻之花
闻香识花，隔着一座山的距离
现在，雪峰抵在高原的胸前
所有迹象——什么是无足轻重？
进入忘我的苦寒地带
狭路，总和年轻的自己相遇
没有了轻佻、自狂感觉
——不再言语，也不苟言笑
却互为幸存而击掌
冰雪里埋好一颗晶莹的心
看上去更像一对容易伤感的人
遥远的昆仑的鹰……飞翔总揽一切
带不走的是我活的灵魂
白色山脉紧跟着我们
走走停停，失散在终曲之中

好一朵雪花

在昆仑山，我捕获过一朵雪花
它是时空的一段倒叙
它是大地回声，黑夜的悬念
飘来整个世纪的……未来
白色炫光，使我远离恐惧、僵硬
轻轻弹落手指间荒芜
身体一点点拉高群山海拔
我们感受彼此的炽热，或爱
可以抱团存在，可以融化所有
可以在瞬间，碰出万劫不复
袒露温润如玉的灵魂——
从大风中，呵出一口热气
我默默接住迢递而来的
无限空旷，这样的场景变幻
相互捏紧对方之手
而脚下冰柱，像匹诺曹的长鼻子
消退了……我们似乎变得真诚

飘　雪

时间漂白了内核。我看到你的底色
泛起了水汽——尽是彻骨的风刀霜剑
一直敞开心怀，你的无声喧哗
时光托起平静与肃穆
让我满脸绯红，像引流了沧浪之水
流得很慢，慢到我们无法忍耐
慢到我忘记简单的交流
尾随着兜了一圈，又一圈……
一生所剩无几的渴望
最后的雪迫降自己额头，于水
于心何忍——对着消逝的美
手触摸到你冰凉的玉碎
飞溅的六瓣花呵，多么令我愧怯
难以清净下去的六根，深深地惶恐
拂去晨光，身影不断压低自我

风吹五月

五月的星期天，所有动静
被轻风压住，聒噪也被鸟舌压着
枇杷开了腔——早已没有芬芳
圆润的体态表现出神似
延续雨水过后饱含的深情
我开始伸展运动，只是少了一份力量
春光的媚功，恐怕杂糅在血液里
如果我跨过木栅，跃过荆条上蒺藜
踩碎水池明亮的镜面
还是回到小满的饱满生活
回到能盛放情感的颗粒当中
我骨子里……产生作物灌浆般的快感
——给自己的沧桑，轻松阅尽
哦，木槿尽了花事，她留下的颓废
我没有消弭，也没有忘却
找到了太阳的藏身之地

小　满

坐拥这部分灌浆时光
我想要把它们化作雨水
花未全开，人仿佛脱粒的籽粒
飞驰的种子往返于秸秆深处：
执拗、无奈，一次次呼啸而错过
水汽打翻相向的小气候
我们放弃了体内涤荡春风
换得另一种轻盈的肉身
张开薄翼，从自己的召唤中——脱身
放弃腼腆、晦涩，暗藏的锋芒

我虚度在五月的光阴
惊叫，并非来自斑鸠的爆破音
桑叶下收敛的芬芳与惊悚
深埋漩涡的桃花水，那忽闪的妩媚
那嗜睡的蚕和一段旧梦
甜腻、暧昧——
终究被迟来的风，识破戒心

无风而起的浪花

请撑来轻轻一篙吧，乌篷船箭镞一般
射来，我是躲避不及的石埠
是水榭……临水照花，是细声
垂下索爱的吊篮与密语
是运河上青黛，泛起的一阵红晕

捣衣的、浣纱的——翘起了臀
像葵盘一样绽放绚丽五月
我埋首于波浪的畅想中
让一个背影，挡住春风入口
柔绵身段，软过狼毫笔尖婉约的
慢词，软过晚来的阵阵轻风

软过小雨——淅淅沥沥的遮蔽
给予我勇气，泊在心头的……等待
看清透明躯体，一朵朵不败浪花
通过相互的交织，我们为桨声救赎岁月
一条大河——任性而博大的浮力

挣脱黑夜之手

其实，躲在春夜里，看不清
我的本来面目，仿佛被灯火
剥开了黑暗，如橙子剥开絮状世界
喷射出来迷离芬芳，青涩歌谣
吟唱，只会把我的不安
送入更深的沉寂和英雄狭路

微光杂糅，今晚的未知之谜
攀藤月季落下了阴暗面，这些
并非植物的枯萎——败坏与腐烂
将给予内心重重一击
此消彼长，生命开始认同
让满地飘忽的落叶，吸附于我

我何时能扶着墙壁起飞
从墙体的对角线，挣脱人生苦短
——那不相邻的顶点，那爱恨
使我无法动弹，无法忍受
夜的翅膀把我载出体外
温情离去，并一点点散失……

大雨将至

一阵闷雷，其实今晚我第一次
默想着——规避现场，把自己放逐于
大雨，久违的信号慢慢放大
形而上的星空、草坪，天地良知
对风的依附，不可撼动
我会飞翔，会逆行……一会儿
将潜返自己身边，流逝的
本来是内心深处的暮云
看不到苞蕾——钻出黑暗之树
伪装在弱小的雨点里
只有你呀，让我展开雨帘后的动静
捉住茫茫之间的沉吟

你是我的隐晦，是我的往生
是人走茶凉后的一只空杯
在雨中，我们十指紧扣
——激情已经过多了
现在，叶脉舒张，我蠢蠢欲动
抓住身上的一个把柄：
薄情的雨呵，也该消停片刻

开不败的烈焰

说不上是萍水相逢，我只是
打翻你的引擎，让马达载满浪花
飞过草地上暮春、石桥
成为你的卸载或遗忘
我没有追逐——蓓蕾也未点颔相迎
多少不堪的忍受，东风无力
只是一声叹息，露出所有浅薄
繁花落蒂，顺风顺水之美
我们脱了鞋，踏入历史的虚无舱

恍如应答你的絮语——
那一团白色的加速度，吞没了
前方的距离，我将失去一切动力
消弭你整夜的伤感和忧愁
通过月下不断的厮磨……长久辉映
我们获得春天的惊雷
骨子里花朵，开不败的烈焰
血肉深处的那一片彩霞

涌　动

忍受很久了，无名花的妖娆
变幻让她穿越紫色花蕊
春天，成为犹豫者的后花园
我空守一座……暮光之城
今晨一个人的绽放
失落的种子，才能点燃起荒芜
从土壤里涌动大地的韵律
迢递给平原遥远的回响
像子规鸟喊起的四声平仄
让绿色禾苗——掩盖我，涤荡我
“快快割麦”“割麦割谷”……

喋血苦啼，默默接受人间冷暖
彼此都是被田畈分割包围的
悬浮物、参照坐标——看齐了田埂
互换角色，渐渐汲取一夜春色
到了可以炫耀时分，天没有亮透
饱满的身心，产生神秘火焰
焚烧使生命充满玄机，燃起一道炫光
每一片绿色，和或将凋零的孤独

直面南方

我们无心于江湖。世事难料
鱼虾从来不分学区，自顾天命
驳船早早躲进心中汊湾
密密匝匝的雨点砸向：
河浜、垄沟、水塘……疏远的鹩哥
高一声、低一声的学舌声
我也失去呼喊的勇气
拾荒者灵魂活泛在羽毛上
我还苟活在当下，焦虑暮光
城南学区房价……曲线飘浮着红光
仿佛一根细若游丝的弦
勒紧舌尖沙哑之歌，唱出迷乱
琴弦般弯曲变形的——穹顶弧度
那些撼动自尊的砖瓦，那些——
钢混结构、幕墙玻璃，都是行脚途中
一株野菰，一座水驿。我们逆水吧
寻找水下月，和月中殿堂
对于河流抱以深深期待
用一种若即若离之爱，用一种
谁再也无法学会的隐忍

不识春风

我们只闻到生辰，从纸上
开出生涩、坚硬的花骨朵
洇散了——直到谢去，依然芬芳
好在春天重回文字，牢守这团锦簇
一只黄鹂卒读你的美妙，而纸面
一些露珠开始湿润、透彻
撕碎的声音，会让人回心转意
春风疾走在消失的田园
拉长了光线……无法隐匿之美

我等你久了，掀起盖头
是那样急迫的逐步、放肆
彼此还有追忆，怯怯地表达
仿佛那些忘记的无名花
开枝散叶，我们喊不出彼此芳名

或许你我

我们被困在水面，蜉蝣朝生
暮死，一如人性两面
活着沿别人的鼻息，侧身而过
留下荷叶烘托，成全你我……
这时，叶脉隐去一束光芒
把黑夜交还给昨天的自我
大白于天下的——并非一摊残露
悬浮的村庄，如此可疑
橹声如此艰难……一阵喧哗
那一生一世的光芒
四散那些摇摆不停的影子
逃吧，每颗水珠都打开一扇门
每一扇门似有新的来临
手足交织，产生飞的欲望
你停顿了美，弥合一见之地
迟疑或顾望，我们将重归于好

建　盏

在去南宋路途，她盛满着
故国的荒凉……幽幽艾灸味
尘封生活，吹来千年前的东南风
我闻到了五月的体香
反射出湖光湛蓝、缜密心事
暗自涌动的欲望之血
我俯下身，她承接了我的过往
从四面八方——投奔来的灵魂们
那不就是另外一个我吗？
多么年轻……无法盛满容器里的爱
今天，浮光中悬空着幻影
成为她的骨肉，她的亲情
她肌理中隐忍之痛……
哦，亘古的水花并非遗梦
就算光线折断在迁徙途中——
残阳与建阳，所有气息带着泥土芬芳
如此战栗，如此炽热

秋 雨

我们似雨打后的秋茄子
情感在作物的叶脉上对赌
不远处，翅翼在扇动一个良辰
我关闭了这根藤蔓，远离纷繁
走出湿土，无助的双臂像抓住什么
而光线缠绕着难平的心境
卸载后，我们相向而去——
如离岸的船，把余生沉没到你的港湾
我想，你也一样，将我慢慢吮吸
吐纳到对岸的声声芦雁
容时光留一口枯井，一件陶罐
一根穿梭至古代的绳索，狠狠地击碎
放置下另一种形态的我呵
仿佛原来都将重现
仿佛我待在秋雨，尚未化作光芒
因疑虑而渐远……而迟缓
我们静默，像两只对峙的茄子
像一对无话可说的欢喜冤家

苦夏之渴

这能够生长蛋白质的桑树
这能把自己过往缩住的茅草
小鱼在河中洄游
蚱蜢坠落于一声惊雷
无垠的土地板结成新版图

我们从秧田里抬头
用干渴的眼光收拢起家园
禾苗出走到很远的田垄
大陆漂移说……没有使黏土龟裂
作物只是换了个方向
彼此的心从枯水期开始蓄能
像一群大头鳙，将水性暴露在河面
也让汩汩流水穿肠而过

我要把一切倒影都献给你
终将成为泡沫内同心圆——
不惧破裂后体无完肤
像一串退不回河道的水柱
两行永不滑落的清泪……

小河淌水

炎热使人的满腔热血
一次次被忽略在了小浜里
双腿如鹭鸶，支撑住漫长夏日
交替着——让水流先行先试
肉体的坦陈，从来算不了诺言
只是对人生发出一声呼唤
叫醒漩涡内窝藏的莲蓬
开出卑微的白莲花，一朵朵
……想私奔，想搭载风中的雨丝

我没有摸到那段藕节
只让心中那只鸟，尽快落草
落水……带走的壮心不已
和一大片完整远去的水面

平淡一生，耗完我仅有的水性
仰卧河面唯有星辰托底
照亮每条鱼的腑脏，照亮我们的灵魂
使生灵共享、爱恨共鸣

秋风起兮

到了多事之秋，柏油路也会融化
知了从水边归来……双翼沾满腥风
叫声如碎了一地的节操
断断续续地叩开一条密道
让无轨电车嵌入轨道
暑气紧随着金属的撞击而消弭
热浪重又碾过昨日的车票
单次导航有多个目的地
——那不是蝉的误导，站牌已被融化

黄秋葵来了，也不携风带雨
我们纷纷从站台上四散
彼此早已摆脱了旅客身份
只剩下那个口蜜腹剑的小糖人
插在肩头的草垛上……急等你吮吸
没有一只秋蝉盘踞树梢
包裹分而治之的祸心
电车一路驶来，收敛起光和热
秋风听见东南方向的——
隆隆炮声或是雷鸣

香　榧

电光石火凝结的浆果
她们隐忍而坚韧
像身上温热的肿块
在会稽山脉间苦等风暴
……化解，以虎耳草代替倾听
代替先知先觉，和即将滑落的星光
掰碎了——掌心中深闺幽梦
浙中的山雨，像注入心坎的花雕
一点一滴全是琥珀色问候
她们只认春风，不识未来
衍射着香气四溢的山路
她们教会自己的……骇俗的假醉
精神如何在微醺的季节，慢慢脱壳
一撮火焰，区别于树冠如虹般的纷飞
泛黄的植被重新唤醒
一种声音，永不能砸开的沉默

立秋之后

此刻，一切开始慢下来
绳子松开了结，丝瓜垂落体外
像妇人倾向影子，垂落你的无奈
万物紧随流水簌簌地移动
多出一些闲聊的日子
而我们谁都没有准备好
放开手脚去跳一场手指舞
看不清你那张脸，来自夏天
十指只在检阅一次完美的游戏
我想，你是否隐忍不住化身
显示出神奇妙曼的月相
柿子树摇醒我的睡眼蒙眬
……余生有你，挂在虔诚的枝条上
闪烁之光如红色小灯笼
起风了，我们仍保持着初心
我站在低处，更低的地方倾听你
心口的滴水声……那是灵魂的
挤压力，也因手指间凉薄

夜路人

酷热的小道，我们走得如此贴近
蝉、蝼蛄、纺织娘……从翅尖上撒欢
声音是你们消弭的勇气
而夜色难以替我平分暑湿
擦肩难离之地，再没有理由
让出黑暗，我的远方只剩重逢

隔着花开的声音，你们不停地
升落起降，双翼划开了新的天际
万千花香倾泻下来
还有如雨星光，使我的全身
浮现出飞行般的轻盈

今夜，该如何按捺一颗奔腾的心
我该如何保持沉默是金
层层叠叠的聒噪，将我们囚禁
每一声轻叫，都会惊压住
生命宏大而细腻的根脉

当你们答应了我——
一个夜路人，永不会收拢的绝唱

起风以后

现在我们似已走投无路
竹园的风已将人团团围住
你只是个贪凉者，患有夜盲症
万物之下，唯有敞开心灵
夜莺指点一条规避之路
酷暑中难得一丝微风
让它的叫声切切，给你
肢体的同情，给你眼前的
苟且和今晚的浮生若梦
给你射鸟的欲望，给你生杀
梳理心坎边发硬的羽毛
给你透支而来的秋高气爽
该有的屏障都高高挂起
而我是竹林深埋多年的一根鞭笋
为了顶出层封的大地
为了羁绊你冲动的惩罚
我昼夜不停，摇动翠竹上的
坚韧耐力，那是我们倾心之约
也是妥协后真诚的簇拥

滴水之源

让今生，拥有这一小滴水吧
我就拥有漫无边际的汹涌
其实，我早已吸附在你的光亮里
你映照我，就把我望进去了

星空似又添加一颗繁星
水面有了可随灵魂摆渡的广阔
搭载人的情感、心智和憧憬……
每一片涟漪，都是爱的源头

你教会我的，对荒芜的宽恕
穿过不毛之地为消亡重生
你传递给我的，一种力量
区别于从井泉汇聚它的忍耐

当水流依托水藻与河床
桨声依托欸乃的阻力
当你依托着我，一滴水珠
那沉默而澎湃的凝望

桑·殇

有人告诉我，你用老家拆迁的檩子
——桑木条，刨了一副拐杖
说在年迈无力时，撑起它
撑起一具躯体，和你无可奈何的过去
等迟来的梅雨……把你淋进去

远方就是红日升起的地方
月晕在羊头草下永不落水
那些桑树，密不透风
不是有一条条出逃的蚕
诱你上山，筑一只安乐小巢
放置你幼小而桀骜的灵魂
不是梦醒后，几颗安慰剂式的桑葚
不是逃学了，黑暗中磷火如二舅的眼睛
却想不起他从树上摔成了鬼……

故乡是积层云中的一场细雨
为了浮现虚化的祖屋
为了重现屋后桑林，你终于驱散
心口的那片乌云。那是命运之间的
瘀血，也是难咽的鱼鲠

作业本

现在我所能感化的形骸
就是坐等……身下垫一片影子
静观时间一秒不漏地流过
它的准确性，它不一而足的美好
想象它滋生草木般的敏感
轻触如撼动一棵消息树
使我的周遭，布满春天的浮华
沉默只是面对蛰伏者
有一只麦蝶替我飞出黑暗
眼前的弱光，让我仍悬浮于尘世
妄想着做个小镇做题家
解开每个凡人不俗的风情
和混沌身心内的一团乱麻
也就再也没有风，掀翻不堪之重
掀翻月光下的作业本……
我摊平自己，像摊开一道错题
所有的隐秘都是无尽的答案

蜜蜂与花开

你进入我的，清芬的蕊
超载之翼抖动不懈的勇气
你教我的，如何降解肉身内微毒
让我绽放在自由王国
你依附我的欢娱呵——
一种酿造，区别于酒的醇冽
当甜蜜寻找你的蜂巢
花粉寻找你的必然王国
当你寻找着我的未解之谜
再也不会因黑夜而凋零
你迷失花海……等于进入生命苦海
如果我被一千只你各蜇一口
就顺便埋下一千个伤心的理由
不是所有的疾病需要治愈
不是所有的爱……带有混沌的刺

一样的月光

圆圆的桥心石，埋着夕阳
埋着光环褪去的玄月
这个深奥支点，可以上天落地
承接一个神仙的思凡之心
安抚其颠沛流离的天国生活

桥下洪水从不问询农历
它的癫狂有七夕的悲悯怆然
在每一朵蓄满苦难的浪花
仍有河边乱石嶙峋，千年等一回
头顶星星点点，白花的节节草……

我挥袖，却已没有霓裳羽衣舞
一样的月光，早已随酒水一饮而尽
“就这样隔离我们想触摸的脸庞”
如果我还能摸出一只河蚌
是因为寂寞之光，从不照黑暗
听到了蚌壳内心跳
如小鼓，如潮汛……
感到被生命珍惜的厚重

七月听松

因为找到月亮的初始
因为等不了暮雀归巢
万籁俱疲，大地松开七月火热的襟怀
我也褪下蓑衣，像稻草人一般
对着茫茫溽暑摇摆不定
能否给予一棵塔松，一片松涛
撑住我即将坍圮的脊背
——和今夜，完美无缺的掳获
来自仲夏夜之星，我另一半缅怀
仿佛积雪融化在松针深处
寒风飘进松果干涸的渴望
只要还在泥土上滋生
许多陌生的声音都被我豢养
似乎无须再唱响一些光亮
它们的形骸开始放浪
它们或为我的因果，也是我的隐没

第四辑

墨老虎

从此以后

现在确信，唯有一小簇篝火
照亮夜，照透小兽皮毛上瘢痕
冬天的旷世之雪
亟待它们清理利爪上瓜葛
开辟雄性生活的荒野
成为月与光的动感地带

雪花还在飘动，仿佛经受四面楚歌
忠诚的伯劳鸟扑翅逆袭
满嘴都是英雄好汉的血渍
深埋在它们蹄痕。所有的悲怆和荣辱
因大地的坦荡而显得微不足道

它们跃过陷阱似的垄沟
从不轻易暴露路径
而风乱了阵脚，搅乱生存之道
遥远的梦幻、鬼话……食物链上挚友
必然成相互夺食的甲乙双方
仿佛一具灵体，被安置于祭台
嗅到胜利者最后的狂吠

无法救驾的风

我们没有可供挥霍的北风
也没有多余的风凉话
沉默的草木，在焦灼中延续
枯黄的夏枯草有着不凡的过去
一条鳑鲏替我游到深水区
一朵又一朵浪花，卷入蚌壳的传奇
暑伏让镰刀变得锈迹斑斑
再也砍不动原野炽热的日子
和岁月静好的根
而夕阳被卡在树杈上
所有的风都无法前去救驾
蝉鸣高高挂起，清唱遥远的时光
我轻唤，却已没有雨丝风片
盛夏的果实，早就长在廊檐下
如果我还能摘得仨瓜俩枣——
心里的感觉，是因为确信瓜熟蒂落后
感到我像在自觉纷飞
尘封已久的舒展、世事的重述

远方有嘉木

看到远方宽叶林，那是云的家乡
我不知森林覆盖了寂静
大雁明晃晃的嗓音
飘来雨丝……和枯枝添上的新叶

风不断厮磨草木之心
雨水，这滴答而无物的天梯
滑落了多少颗隐形的星
光芒闪烁，给树冠埋入无限遐想
每片叶子都是一个迷局
我从叶脉辗转反侧……不为春光误
为落单的鸟声误，为一人误
我知道，我的截面也铭刻着年轮
伐倒了，布满历史的虚无

我只是想离开树林一会
只是更接近你的温度
胸口终年积着雪，那是情感间的
离岛，也是坦诚的枷锁……

曾经沧海

我们是群什么人，这无关紧要
我们曾经沧海，脱身前
一直将自己游到海水变蓝
游到对岸……广阔余生
那一颗颗可寄托衷肠的水珠

无情的浪花拍打这一切
从一段逆流，到那片残云散去
我们叠加、删减、合拢着
彼此之好……满载交替而来的错失
从浪涛内核抽出纷飞的光芒

也许我们对大海认知模糊
最终我们游入自己怀里
深蓝颜色，使盐把握着大海的走向
——一部分循环于周身惊涛
吸附生命以外的虚拟世界

给你一条天路

你骑行在自己的影子上
面向春天……呼叫转移
水势似已倒淌，血脉仍在回流
月光里渗出一条积雪的河
给你悬挂的天空，给你
被截断的河面，给你残云
那无法逾越的彼岸花开
给你愈合了断翅，给你涛声
整夜拍打心灵的荒漠，给你一道闪电
舔舐黑暗中的悲凉与沉默
而春风是不会远足的小马驹呵
得意时马蹄轻盈，蓄满爱的雨露
失意了，把马首埋入你怀中
终年压你胸口的……不是乌云
不是塞石和咒语，那是人世间的
罪孽，催醒万朵桃花——

墨老虎

闷热的黄昏，墙上悬挂的碑帖
砌起另一座漆黑之墙
一种被称为墨老虎的晦暗
阴森森地瞪着人看，寂寥而伤感
这疑似古代遗物，凿刻千年等一回的
鬼话，满纸拓满了阴间之物
——渗透出丝丝寒气
却像是消暑的清凉磷火
屋内明亮的光线开始垂落
铜钱树、薰衣草……卷入暮色

我站起身来，椅子却已没有退路
盛夏的风，早就蓄满碑文的字里行间
如果我还会吟出氤氲气象
是因为确认金石为开的变幻
打开另一条缝，崩裂山石一角
听见了凛冽风声
那呼啸而来的阵阵松涛……

今夜留白

一夜之间，眠蚕攀着月光逃逸
留下一地残败的桑叶
桑葚像一盏盏熄灭的灯笼
所有的思绪都是断头路
我无法从黑暗中找到真相
只能沿着潮湿的掌纹，摸索
山川、河流……顾不上丛林法则
我把自己，安置在织娘的呼声之中
听她不断叫唤离散的骨肉
仿佛也在唤醒我不洁的灵魂

大伏天，云淡风轻，而关不住
又一只破蝶的夏茧……毅然决然
赴死之举。我推着松涛潜行，已不再是
上山那条路。桑林一朵朵开出白花
今夜许多生命又开始重生
我的亲人和朋友呵
我们的离别似有撕帛之痛
我们相逢，却在秋风起了苍岚

苦　夏

酷热的夜，云层如雷打桑叶
星星一颗颗逃出了边际
我无法数出它们禀赋天相
只能对应着——你、我、她……

什么声响，在爆裂的桑果内产生炽热
大伏天，蝉鸣唱空桑林，挡不住
星辰闪烁而来的凛冽之风
清点指尖上散落的星光
你不会是一滴喑哑的孤星泪
而我刚从蝉翼起飞——
就向她打出了迫降的信号
……所有经过的时光
都是乱象中的纷繁嘈杂
我重又拨开桑枝，却已不再是
星空无边无际的璀璨

今夜替她再添一盏灯
在我漂泊的星空里，击缶而歌
在苦夏中挥汗如雨

真正的船

七月，让水温再升高一点
可以制造夏天的雪
让井水犯过河水
鳜鱼和青蛙成为难兄难弟
一首未了的歌，消失在日落
一只小船被寄养到云朵下
我还未解缆，就为它系住遗忘
今晚暗流涌动，需要另一条大河
来涤荡。而一种酷暑的苦恼
需要自说自话来冰释……前嫌
躺在甲板，我所经历了碎浪
都是时光无意义的磨损
手掌伸入水中，已没有那个
良辰……手还能捏到机会
像圆润的水珠。水草来不及枯萎
我来不及衰败，船的风向已变

长脚鹭鸶

这是一只投机取巧的渔鸟
抲鱼人把你养在阴影里
你向主人学习吞咽的精妙
喉咙一张，开出一道奇艳花萼
以平和方式……猎取、杀戮
水面难以闻到血腥味
什么东西可以不设防
鱼鲚、残月，隐忍不发的鱼刺
酷热季，鱼群离散。啄不住
一条抱籽的鲻鱼
和身下的一片汪洋
你飞不到自己的黄昏，所经历的
是另一条鱼的……起死回生
而再深情的扑打，也无法使你闭嘴
你收翅，收拢主人一世的生计
所有捕获都是无奈与死寂

亲近水草

酷暑难耐之晚，我愈加亲近水草
守住一丝风，是为了倾听它的厮磨
手指在白墙默写一段雪光
是为了找到它存活的勇气
盘踞于黑暗，它把身子埋到低处
低到我触碰不到的高度
等它游返人间，已是另一个尘世
我们守望易失的爱
一种燥热，需要袒露的肌肤来释怀
一种无言的伤感
需要唱坏一首歌来抚慰
哪一片水域可安放仲夏夜
哪一缕新绿可滋润寂寞心灵
繁星充作清凉的冰凌
我和你若即若离，开始慢慢散热

夏夜场景

濡热的夜，被困于斗室
像幽禁在某个意念的荒岛
疲惫的心无法潮涨
还有未定的惊魂
能喊出天空外，最后一缕闪电吗？

想起来我将退隐水边
蝈蝈的叫声如饮泣吞声
未来该有多少天还会下雨
那一场绵延至此的大水
并非雨神作法，我伏祈了诗经
通篇成为昼夜交替的碎浪

哦，我该留住一晃而过的新月
让苔藓慢慢滋生潮湿的风
每一次蜗居生活
都是生命奔袭前的一次停顿

飘散的飞花令

必定得到神仙眷侣的驾临
如此浩繁的星辰之光
那些衣袂飘逸的神采
隔着湖泊，轻触对岸的飞花令
似波澜获取了今晚庇护
不是我，一个对湖水迷恋的人
随浮萍漂泊余生，凌波微步
歌声被小小的鳑鲏窃取
使我看起来更像一朵残荷

我踩向了水面上天路
仿佛羽毛已经打开夜幕
漩涡渐渐助推，划动双臂
用阑珊的灯火的张力……

等到涨水那一刻，我全身潮汐
展现另一个世纪的汹涌
这是我难忘的今宵
水草疯长，遮住生命无常
而再多桨楫也无法伸展远方
我隐身于湖，水与天抱紧灵魂
所有月光都是迷雾追踪

桃花汛

我并不比小船更留恋河埠
只是石帮岸早已坍塌
前方是一团水草、一朵浮云
唯有缆绳系住了浪花
乘势而来的冻雨
无法替代东风扳艄
所以我棒喝住鹭鸶的无礼
这吃鱼不吐骨头的长脚怪
从六品文官的补子里
飞进飞出，带来前朝一股酸腐气

我们也顾不得掸除雪影
抬头顺着结冰的水面潜行
我向鹭鸟打听春天与桃花汛
它告诉我，先把沉船送入鱼腹
再把这条鱼活吞，饱餐一顿
桃花还是桃花汛——
所有的人面桃花都是兽心

鼓　者

你击打我的，旷世之痛
肉体陷入恍惚的午夜
勾魂的牛头马面
在谜团内诵经，为了鼓声
它们敬献出鼓面……前世和真身
而对于鼓乐的虔诚
它们看上去更像在赎罪
所以你痛下决心，一锤定音
一种声音，打乱了一个诗人的自赎
心灵的共鸣，打乱了黑夜与流星
当黎明打开天窗——说出亮话
当我找到鼓声中痛点
再也找不到你呵，一个擂鼓人
我昨天逃课出来的童年

一念永恒

你要我将自己拥抱
忘记身体里还有柔情在反抗
而双手搭在风的肩胛上
不想让枝叶扑灭纷飞思绪
……弥漫着，千里黄沙
有一种绿被植入心坎
结蒂吧，苦果
成为我的良知……你的重生

烈日下，你翻检稻草内熠熠金光
稻穗一浪高过一浪
听到作物清空生长的杂念
从低处慢慢向我降伏
不愿就这样——无怨无悔拜别你
为了泥土不堪忍受的干裂
即使没有雨水，也不会啜饮
秸秆上隔夜的露珠

我们像幻城外——深山信使
替换着角色，轮回于世间
彼此的欢乐与痛苦，就一念之间
你冥想着给种子发芽
我又站在那里，想不起我是你的影子……

夜　航

跌落至船舱我领会到
低处的险恶，高处的不胜唏嘘
只因我们平时从未在意
比流水更低的姿态，在世上
比双桨更纯粹的摇摆度
大地和云朵……相互神凝
渐入佳境，一条河也就成为远方
哺育一个个落日……

撒下的乌桕籽，像暗红色灯火
它选择如此安静的夜晚
也选择一条船的命运交错
分不清你我……高低
无边浪花，将我们一次次打碎
重新聚集成大爱的洪流

当夜航进入漩涡的谷底
群山深处，更高的高处，流泉无声
一场生命之遇，从两端相向

一个人的漂流史

让我在这艘船边停靠
让我初识水性
看见潮起时……月色苍白
水退了，有人在为刀鱼疗伤
每一双光脚闪着蹼形
被一双黑眼睛睁大的夜空

我们重返原地，却已不是那个时光
只为曾经的沧海，追讨一夜路程
浪花也在追讨我的旧梦
托付一条夜鱼替我游到对岸
它教会我的……潜行，无知者无畏
思想在时间隧道如何深呼吸
它领教我的，一种酣畅
区别于沉没前命运的假象

水光反射另一片汪洋
当鱼群寻找到风的源头
渔火寻找到茫茫长夜
当船寻找到了我——
无边人生，漂泊在明天的航程

天堂鸟

因为你，我开始赞叹太阳雨
填满阴晴不定的天际
天空的幻城开始变得清晰
气味相投的人，避开风和日丽
让雨水洒下了平淡生活
不再止歇，我们更想延续的快活
树枝撼动大部分倩影
剩下空白，是想象中……美的终极
因此有人迷恋你——为不死鸟
替你采集香枝和芳草
而我的未来还来不及托付
你不惧危难，从灰烬中重生……

这绵绵无期的雨丝
我递给你的解愁的云梯
在湿漉漉的——梅雨谜底
灵魂忽上忽下，头重脚轻
像听到我的一声惊呼
从鸟嘴吐出，说的是人间真情

竹园深处

水珠顺着竹子，滴答应声
带走一个世纪的纷扰……
剖开我，锈钝的篾刀划过皮肤
所有的青涩、迟疑
肌体内自上而下的混沌
被洞穿，被割舍，却难以缀合一种爱
难以进入豁然开朗的境界
……静候花开
通向春天的秘密花园
而我不识迟暮，停止生长
只是没有向炭火低头
竹林，一个盛产七贤的江湖
从没几片竹叶可以结义
也再无竹节——肝胆相照
疾风教会我的……躬身向前的站姿
活在世俗，该如何能屈能伸
这是一种无声的喧嚣
区别于另一只愤怒的小鸟
吐出的旷世箴言

竹林物象

顺着雨势，慢慢爬顶
一夜拉近了天空的距离
那些斑驳陆离的绿
水珠、虫鸣，滴答在时光深处

你和我内心的波澜一样
涤荡春天的倔强烈焰
现在，我不渴望参天的挺拔
也无奢求、不屈不挠的——直线
微微弯曲……轻轻点頟
是我们生活的本来面目
我们相处于逆光
更接纳了对方的错
如此亲昵地厮磨。未见竹海无涯
抱紧你，就像怀抱一首歌谣
所有声音都是洞箫追月

竹如南风

月光成了大地的温床
我被竹子拔节之声所迷惑
带着整夜的露水与歌声
让一只盘旋的黄莺飞到绝望
找不到空洞的末日
在竹笋尖锐的目光底下
舞动双爪魔力……翎毛与媚骨
仲夏干裂的唇语、鸟鸣
交汇相互间喜怒哀乐

摇曳竹梢上星光，却已没有陈词
夜色中池塘，早就辉映在天幕
如果我按住内心的惊雷
将一跃而起的竹竿，弹出体外
这高速旋转的光束，把人困进去
这生无所息的生活
我重新找到——那只夜莺
永不会唱出的驯服

踏　浪

揉碎我，如同揉碎花朵
疼痛……让花粉远播，彼岸花开

而我身上碎浪还未退去
有片海一直在融汇着
沧浪之水，让我的每一次涌动
托举灵魂的共鸣与飞渡

远方的航程忽远忽近
没人认同我……余生的颠簸
命运如何在一次次破裂后重聚
水鸟引领我躲过黄昏的风暴
黎明照透全身，清澈见底

多少天了，漂流瓶般晃荡的鸟蛋
仍然无法孵化梦中翅膀
期待与我一起沉默
——迎接喷薄欲出的胴体

当有人摇着小船寻找我
一个夜盲人
是可以唱出心中的花枝乱颤……

清　空

你离开我的黑夜
黎明并没有交给我真相
流水去了另一个世界
干涸水塘，只是你和万千晨晖
为我承诺的苦难……从繁星
到三千里外机敏的鹰眼
灵与肉，如黄梅登枝
还愿我们错失的良辰

当绿叶寻找它的清风
水滴寻找它的云朵，想起来
你要找到沉默……守拙
这未来——该有多少天要下雨
一场没有尽头的梅雨
已不再有你的迷离幻影

再一次面对你的……空中楼阁
我来了，是为了把你的灯火耗尽

与绍兴人喝酒

你说：划开堵在胸口的乌篷船吧
我点头，捏一颗茴香豆做骰子……
用女儿红斗酒，一碗一江湖
闲情统统被打入毡帽
舌尖上全是戏文中的小鬼
吵吵闹闹，推推搡搡
唱念皆为古法炮制的醉话
像在舀尽湖水，显露醇厚真情
絮絮叨叨……我掏空了自己
重获自由之身，像水面放飞了麻鸭
栅栏只是难以折断的花枝
多想掀开鉴湖水，搬动她的侠气
淹没暴躁、乖戾，安放春天的故事
……湖水涌动在我们唇边
友谊的小船是打不翻的酒碗
把亲爱的朋友，唤作——哼格佬倌
踉跄的步伐只为我们喝彩

律动的湖水

一个湖泊，十面埋伏
掀动起来了吗？我波澜不惊地呈现
涌动的并非疲惫身心
我惊悚、无助……只为遇见你

隔着水的凉薄，你托春风
带来顺流而下的理由
冲刷了平凡生活，你使我的血液
一点点温热，绕过漩涡内纷争

我拣起碎瓦砾，削水片
瓦片轻呼出声……你起飞的灵魂
如跳跃的字迹和音符
因你的消失而复得此生

精神返乡

狂躁时可摸到自己的心跳
太阳蠕动……似在抚慰一种伤痛
我捕捉到了内心的火焰
让冒犯之徒，找不到往返的信物
天色将为我蜕去稚嫩
气若游丝地绽开，雪慢慢融化
留住星光……天空之镜
弥合漫长的一绺裂痕

到了冬天，我从未记起长眠
——对于来日可期
雏鸟只在啼哭中闪现无助
我也只是让雪花撞了一下腰
重又辗转到他人的故乡
却已不再有人间烟火
更密的花朵无法唤来春风
我盘踞冬日，消耗着大地生机
寒夜的冷漠、有恃无恐
我排斥自身的……不如意
像麦苗排斥稗草子
所有好友都是路人

桑林青青

在密不透风的大网内
它诱捕着星光和蚕
桑叶盈盈，铺满虔诚的断送
那是一级级高垒的台阶
隐匿那条上山路，逾越而来
我偷偷摘去一颗桑葚
也就破了它的阵脚，今夜梅雨如注
“水珠成为灵魂摆渡的坐骑”
烟霭，还是稻草灰烬
弥漫着悲悯桑火

我不知道该为蛹指路
还是替自己的未来作茧
编织洁白的寝殿，听风雨无阻
一年年轮替老去的桑树
剪去枝头繁芜岁月，让天堂更敞亮一点
一次次试着弃蚕而去
厌世，不惧赴死的眺望
这最柔软的丝，把我缚进去
这凄美的人间绝路，让我难以回头

孤独的船长

沿着船的意志流淌，弱水三千
让船舱——这只巨大的瓢
填满我心中无尽的海沟
我们并不想搬动沿途风月
乌桕不断渗出血滴
唯有橹呵，一遍又一遍地划伤
宁静的洋面，大海的再次被无视
每滴水珠……忧伤还是快乐
难破命运波折，久久地吞没我

竹篮打水，打上来的一厢情愿
捉住的也是自己的影子
失去了鱼，我更加害怕失去孤独
在水上，让人孤独地活着
终将是船舶续航的动力

水与船作对，鹭鸟和鱼作对……
我将忍受，与自己的倒影作对
潮水如倒转一种命运
哗哗的声响从海底蹿起

大雨如注

雨一直下，那永无止境的重复
总是撇不清湿热与弧线
最后落在水滴中的苦恼
万物被捶击，我们退守一隅
而草木之心安然自若
即使撑开了伞的全部黑夜
也难以安抚今晚的患难与共
声音止不住在花枝上乱颤
我触摸到的景致，已是另一个时分
人和梅雨，都被粘连在衣服内
使我们看起来更像一次合谋
谁也不想为对方开脱，闭着眼
我心中的湖泊将要溢出
暗涌在无声地喧哗
大雨纷飞，泪水尽情地流淌……

第五辑

植物迷途

同山烧

醉倒我，如同醉倒整个布谷湖
桃花之水泛起酣响
轻轻放纵一艘船的癫狂
裸睡的灵魂沉眠水面
使我看起来更像半块舱板
漂移在耸动的时光波纹，静或动
皆为水珠内探头探脑的酒鬼

红高粱的烈焰射出箭来
我们要忍受同山不同的醉态
我们要狂吐同山烧相同的
——酒后真言，红蓼长久地郁积
身体里会长满红斑绿锈

现在，舌苔上有糟粕，心有余悸
酒醉的探戈，换成诸暨竹马舞
一百匹醉马从彩纸中奔腾
将要陷入……我身体里的湖泊

夜泊暮光

我达成的是自己的诺言
就像纸鸢停泊在自己
制造的风里，每夜轻拢起云帆

在这里，我看到的月光船
已是窗口抛弃的梦幻
隔着怨念，藤蔓纷飞时光和雨丝
紫薇花也开败了虚空
由此，我将剪去烛芯里——
那一个黑暗小骑士
促膝……让膝盖成为一具
“相互倾诉心声的巨大鼓瑟”
敲打无边无际的静谧

会说，我是否困守于消亡的音乐
而余音未绝，从墨迹中收干
朴素着，美丽着……

苜蓿地

这么多花海，浓郁、敞亮
苜蓿地让我向腼腆低头
“心头的紫烟勾勒阴阳相向”
梅雨，还是叹息，弥散着百年孤独

乡村亘古不变地照映
斑斓与触痛，墨色未干
我摘抄的碎叶，交还给天空
一簇簇茎秆斜撇成了雨丝

确认脚下融化的暮春
让田地收获了广阔，不是我
一个在大雨中初露峥嵘的人
梦被云团禁锢
使我看起来更像在迫降

黄雀错叫我的名字，不在意
我倒向碧色，深情地迷航
就像万物都已停止生长
就像我喑哑在苜蓿地

和水乡人赛龙舟

他们吆喝，发动你们脚下的马达吧
我惊呼，青龙马上喷出水来……
我们以划拳的姿势划船
小船摇晃着进入醉酒状态
仿佛河水掺入了鸡血与雄黄
沿途全是艾叶烟雾
掩护下的——菖蒲阴兵

鲇鱼于昨夜潜逃，君不见正前方
棹歌四处唱响，似在缉拿久远的死亡
嗓音中放出无数只狸猫
再诚实的桨声，也撬不开满嘴谗言

我手臂上五色线，缠绕对方的舵
撬动五月阳光和他们的虔诚
我要向他们再借一条河
来摸水中蚌，剥蚌中宝珠
寻找一具先人的风骨

浪花制造了速度，船在为生命停顿
蚕花饱含矫情的银色的雨
我终于能赶上前方之路
隔着一阵风的距离……

梅雨微响

一夜梅雨，枇杷悲悯的明黄色
像小朝廷垂落前的凄婉
而四面埋伏着不朽的弦歌
我和草木走出了阴影
雨水，还是啜泣，花朵孤芳一世
除了夜鸟呆立枯枝
新叶开始疯长于伤口——
“棒喝能否让自己变得薄情”
就让雨滴洞穿我的暮云
山水寄养给天外大仙
我经历的都是遥远的短暂
重蹈了流水，却已不再是那条小河
以长久之忍撼动那棵灵魂树
战栗和无助，月光没有朱砂痣
这是六月的晚上，歌声里全是鸟飞
我说，人应该用翅膀去爱
扑灭了怨恨的灰烬

在芒种

梅雨，送不走每一朵花神
植物是山水永久的牵连
有芒的竖起发须，无芒的——
从田埂的边缘悄悄爬过
一个让人赤身耘田的江南
它教会我的吴歌，我已插入秧苗
它教给我唱腔，我还能种出糯软籼米
滑过了音色，像雨燕般飞进竹林
烦恼时有蚂蟥，快乐后吹乱一通麦笛
踏白船，是我最自信的成人礼
我们祭蚕神而不过问蚕事
也不关心茧蛹是否逃出草簇
人们教会我徒手捉黄鳝的姿势
是为了让毒蛇不再靠近我……

我念叨他们
是为了不被他们忘记
我离开他们
不是重复他们的老路
他们关爱我，像豌豆成活在春风
子子孙孙，平平安安

在雨巷

梅雨的雨，弥漫着散乱的心情
雨伞挡住阴郁和无奈
一只出头鸟嘟嘟囔囔
嗓音里突然跳出绍酒气味
递给它的天空是铁灰色死寂
上辈人，一个个在门牌号下走散
我们找上门来，早已不是那个时辰
雨巷不过是一条断头路
丁香花只能佩戴在假发上
石板路与铜钹，失语者掰我的手腕
掰开每颗雨珠里的秘密
我们因丁香花的轻呼，承受着月光的重量
排门板上新添了一道彩虹
再密的雨丝也无法模糊过去
一切随遇而安吧
多一枚安抚的奶嘴

鸳湖之鸯

它是月光筛漏的一朵云彩
带着一个世纪的彷徨
从夜的一角，划开羽绒中烈焰
血，还是燃烧，哔啪着百年惊雷

呵，还是有一根未烬的羽毛
直插湖水，小船踉跄上岸
从此两岸再无橹声
水顺流而下，指向了未明葵花
至暗时刻发出闪烁磷火

它飞不出永远的视野
它只是躲到了大雨底下
无枝可栖，也无啼鸣当作哭泣
收紧的翅膀有一团冷风
浪花深处，亲爱的朋友呵——
在缠绵多情的梅雨季，滋生爱怜
在不甘中守住甘苦

壕股塔下

在湖边，我看见它永不凋谢的倒影
活泛了一池死水
它沉甸甸的灰色之吻
卷起水草、涟漪和无边往事
把飘荡的柳枝，切割成万千星光

我无法匍匐于堤岸
向它致以真诚的礼赞
双臂奋力划向遥远长夜
从它层层叠叠的爱怜，跳出去
一个星球的张力或永恒
并非那即将灭失的泡沫

勿以散寒温经的艾草，驱使我
微光开始燃烧……
给予我亮彻天空的勇气
经脉与良辰，雄黄和朱砂
湖中埋下前世的月晕

我听见塔檐风铃，落水后成为
一条条毫无忌惮的鳑鲏
哦，生命的无常

在于箬叶包裹下的——张弛

神祇再也等不到的黎明

从另一只小舟，悄悄抵达……

以海为誓

从这片深海，跳上来一滴水
使我想到伟大的爱情
有时来去匆匆，苦涩如盐
东南风吹过去了
盐粒内——消融的灵魂树
无法闪烁一生的挚爱
被风浪击碎……永恒的晶体
让我又一次暴露于礁石

听见海鸥在聒噪我的乳名
唤醒的却是另一位自我
讲起的……也是上个世纪的留言
当我重又抵达海域
早已不再是那个季节
我们击打海面辽阔的过去
这一些秘密呵——
在蚌贝的唇齿下，深藏不露
在涛声中不断接纳消亡

渡向深蓝

去过外蒲山的人，大概知道
滔天浊浪，消亡还有另一种秉持
是黄色泡沫，一层层掘开
东海神秘的海底花园
所有浪花
吞没于我们低头的拥别
和彼此咽下了苦果
暗示潮退了，船卸载下灵魂
渔火收敛最后的温度
大海席卷为一面蓝旗
插入乍浦瘦骨嶙峋的礁石

隔海相望，距离就是生生不息
海鸟托起死亡的负重
鲻鱼将命运重又洄游一次
再多的风暴也无法驱使完美
一遍遍地闪烁，我把自己从大陆板块
飘移到昨夜梦幻，像火焰抱紧冰块
一切景象，承蒙星辰所赐

最后的春夜

那些深邃眼神，原本黯淡着的
蔷薇，被拖曳到另一个星
我们感到无助了吗？
挥动手巾，愧对域外来客
梅雨与雾色，春夜放纵在山丘

我们远离了大榕树
打入黑暗内部，只有在深夜才能采撷
更多的光明，收割更多花香鸟语
让夜拉长一点，拥抱渴念
让伤害再深刻一些，舔舐旧伤
高昂额头——抵住夜空宽广的胸膛

一切消逝都是永恒的沉凝
我们迎对另一个物体的击打
在万物的生长中
接纳自身的种种卑微

五月的幻城

五月，鸭子在水里跳足潜行
它收紧了羽毛
暗流让血液回流，等待着飞驰

我们从倒映的天空消失
一起充盈洁白素净的麦花
粮食让生活真实而美好
变软变轻的风，隔着广阔平原
带来一个季节的温暖
使我的快乐布满了全身

听见了笨鹅的叫声，蹚过去的
那片生机，风吹麦浪
——麦穗初齐，我经历过的
都是无法抹去的辉煌
等我的双脚，重新浸入水流
遇到的不是同一条河流

择水而居——
所有的翅膀，打开天空之城
在我春波荡漾的体内，舒展一池云锦
在轻唤中呼之欲出

借一双翅膀

以为油纸伞能调动古老的雨
但心早被情绪淋湿
当你转身离开，整个黑夜
仿佛雨伞撑开了穹顶
需要塌陷一场虚空
——来展望，一次料峭的春寒
需要温暖的炉火来拥抱
滴答……并沉湎于此
这是否，无尽等待之下
从来就没有一个梦
可以活泛水滴石穿的长夜

雨声打破你的沉默
开在夹竹桃上的女人花
隔着班车拥挤的人流，一遍遍
吹拂撩人的花香和勇气
雨水哗哗……伞无法收拢不了情
只待风，张开了无形巨翅
为它借力，替它凋敝

乘风破浪

以为过了桥，就可忘乎所以
我从另一个洞天
……窥视河的本来面目
并非肉体蕴含着简单的命理
从汲水、舀水，联想击水
人的一生，被河流一次次洗刷
天空之镜压低的云烟
等待堤岸消失

白色的月光下，我再无倒影
不敢远眺……难免自怜、自省
水留不住河的汹涌之势
我也难以挽回——那个婉约之春

当小船只剩一块旧舱板
经过的都是风的碎浪
滩边蚬子蚌壳，一碰就哭
我亲爱的小伙伴呵——
在夜半偷泅时，吮吸乳名
在颠簸中惺惺相惜

黑夜的大麾

黑暗中等来一件黑大麾
足够覆盖整个长夜
我披上，只因体内风生水起
我还未察觉暖意
——就因为它已降下半旗
留住一个角落，需要一个男性的
荷尔蒙浸润。一种虚幻想象
需要针尖对麦芒来惊悚
躯体的荒凉，需要用心来绝情
我放下一块石头，让它失去冲动的惩罚
一把空椅子，难诉旧梦
木质因它而变脆，却从不曾
——弥散它的体香

春雨栅栏

这一天，我等来的不仅是雨
还有雨滴中长久的撕裂
滴答于黑夜。无言以对的墨色
所有的树被牵引，被穿过
我还有时间思念吗？
说夜幕下的别离只为遇见你

我开口，却听到旷野在歌唱
草木的呼吸变得急促
敞开无边无际的苜蓿地
雨水，汇集你心灵的长河
咆哮的春水，整夜从我身上淌过

哦，我该怎样投身于一滴水
找到故国与山河
在离合的瞬间，彼此安好

你栽你的玫瑰
我种我的麦子

吮吸无瑕朝露

山里的噪声暴响起来，一如体内
翻江倒海的疼……抽搐
只为遇见你，这大风后重见
青涩、灵巧——带点刺的小红果
炸裂肉体内的沉疴，让神明
在山岙里奔袭，点亮漫漫夜路
什么也不要轻易对答——
甲壳虫、岩蝶、山魈，从死亡出发
一个被大自然遗忘的追山人
搭载放浪形骸，重返初心……

看见了气虚、短视
隐隐的斑鸠声，你得到的
都是那些长久的消遁……
你还能恪守吗，你的苦恋
白云生处偏安之地，只为呵
吮吸这无瑕的、稍纵即逝的朝露

从山顶起步

山里总有些摸不着的风
遇到的灰雀打着哑谜
宽叶林下，山体雾化在云朵下
气流划破浆果，砸向树冠
四周浮现空灵之海

——想喊出心中不朽的惊涛
哦，在我之外，另外还有波谷起伏
拍打遥远的家园
流淌着无尽昼夜

石块筑梦，潮湿的窠臼
漂泊的旅途，仿佛被暮春所困
这是五月，山雀承受着覆巢的低温
短翅在寒露上逗留
再剧烈的战栗，也难使我苏醒

抱紧一棵大树，却已不再是
原来的日子……爱如扁舟呵
从前的潮汐退去，露出一座空山
大地赐予我崇高的海拔
用来眺望，用来领受未尽的爱

山中有无声之吟

住在山里的时候，每晚
总有些无名的小虫在轻吟
它们的叫声随我的
心律而起伏，仰合星辰的闪烁
我多想加入这个共鸣：
从怀揣一条溪流，到顺流而下的海
把孤独的月光还给山峰
流向山外另一种生活

现在，我开口，却不再是歌谣
山毛榉上年轮，像一枚密纹唱片
勾勒现实生活的丽音
如果走完整棵树的黑夜
黎明，和小虫们神游绿梦
……唱完这山、唱那山
我宁静的小屋前，群山生长
晨风中，层林泛起大海的碧浪

树上的鸟儿

败火的穿心莲，无声地飞逝
这春天最后的栅栏
黄鹂鸟守不住滚烫的歌喉
它已一步步退入丛林
退到一颗松果当中
咳出了松子，成孤苦的独唱

从黑暗扑翅湿热之地
往返的小道，已非今天的时间
容我错记一个声音
嘤嘤呖呖，隔着世纪的呼唤
使我的全身遍布翠羽

哦，我记不清一只鸟的口音
情和缘，生活与哲学的相互敬仰
泽其草木……归于万物
我替她开口，却忘了她的芳名

未返的桑青

五月的池塘，鱼儿仰卧成一条
蚕蛹，享受季节的宽容
水是栅栏，波浪任性而妄为
浸漫堤岸——慢慢抽丝吧

季风里，吹不败的乌鸦叫
桑林经历了返青的过程
让一个灵魂戴上面具
听见桑葚变声的惊呼
越界吧——不过是她脱下了戏袍

惺惺相惜的粘连，为茧而破壁
打开人世间又一扇天窗
为她偷换了一具躯体
却从未得到白色的罹难

立夏日

立夏了，我还在春天小路徘徊
捡起落叶，是因为一棵不屈之树
我躬身，为了它能够耸立
天空需要万物的匍匐
彰显博大与广阔。一种伟岸的柔情
离不开针尖和麦芒交融
我感叹时光，感谢花儿也谢了
森林小鸟衔来乌米饭
吃过的……不过是我易逝的生命
播撒草籽，却再也看不到
原来的芳草地。无风的午后呵
群鸟无首，我们就从树下练习起飞

我，一个步行者
人生也只在睡梦中飞过
现在，我引领它们穿越树林
拥有翅膀，是阳光给我的祝愿

出其五月

五月蓦然使人惊醒
趿鞋，推窗
远方的作物开始作祟
——麦芒似已轻抵脊背
“沉湎的瓶花终究误我呵”
阳光将每一棵树冠顶上云端
是呀，还是少了一辆
被遗忘的脚踏车——凌空飞驶
像叱咤脚踩的光速度，心怀宇宙
……我知道，我似一位气馁者
无以偿还童年的梦想
一生只为等待一种机会
我宽衣，只在为
另一个季节做铺垫
打开窗户，我交出整夜的
——星辰和月光，衰败的证据
亲爱的朋友啊，在五月相遇
都会有自己多余的话

漫游的河流

河埠上，石阶一步步引申下去
头触碰到天堂大门
没有许愿，也没有屈身
一条啜饮的鳑鲏鱼
挟持你，飞闯这一片禁地

轻漾的河水，隐藏着流动的天空
倒映人间……那只孤独的鸟
蓝色潜流从未被季风渗透
你也从未紧缩双翼，回心转意
构建一条自由的轨迹

你一次次试飞，省略了高度
经过的却是黎明前黑暗
而抵达时——将不再是从前旧址
水清无鱼，清水中有痴心客
可见到形骸……彼此的好
这穿透云彩的河流，这拨快的时光
已是万物浸漫
已是水乳交融

更深的沉默

放纵自己，为了更深的沉默
我需要一朵花儿谢落
需要一个花园盛放花瓣
需要最后的孤芳，留下来自赏
我开口，已容不得花蕾闭合
随粉蝶一路牵引，归去……来兮

面对敝零，离不开一棵倒扑之树
来了结我的春天。面对我自己
离不开体无完肤的缤纷
来看清灵魂树……虚无的面目
我要和飞花一起飘
为它尖叫，替它枯萎
成为存亡的一部分

飞鱼帖

每当你落寞的时候
运河里就会开出一艘船
它没有撑篙，没有鸣笛，甚至
——让人挂念的帆也见不到
浪花布满永不沉没的磨难
顺风船……一切都将在风中弃绝
错失水面斑斓之梦
留不住逆流而上的鳗鱼
一遍遍练习洄游，请君入瓮
隐隐听到鱼的轻呼，你经过的
恰是生命的又一个鱼龄
一跃而去的身影，已不再是
昨天的自己……扒开迷恋的碎浪
那些离散的朋友们啊
在万物的慈航中，一生平安
在颠簸中，咬住一个“杀”字

植物迷途

离开了，元气尚未耗尽
眼前的朴树……已是豆蔻之年
却渐失自由的呼吸
所有的青蒿支撑住枝干
你疯长一夜，不是草绿色

或许成为植物迷途
草地上到处是离散的遗憾
隔着一枝花的距离
风在无声地磨牙
你使黄昏渐渐陷入丛林

斑鸠咳出了啾声，你的隐痛
或是生长无法抵达的完美
今晚草木唤起一阵细雨
枝叶交错，情景交融
没有意义的攀缘，是力的扩张

春困的午后

四月，绿得让人失神的湿地
水珠从草尖上跳跃
我感到群鸟开始缄口
时光湿润，雀舌下深埋一曲
乐声被翅膀紧压，刹那间羽毛松弛
腾空收罗一切声响

我已不再歌唱，不再对一根枯枝
——拉动弦中的绿化树
野蘑菇和甲虫，迫降者的飞翔
小河漂满蜉蝣，等待乞归养

绿叶承载更多的倦意
流水穿越鱼腹的
……饥饿时刻
许多幻境也无法回放
随风了却我一生的疲惫
又卷入一场漫天的柳絮之舞……

再无勇气放任自己
就像树根从不放弃丛林
所有的啼鸣成为静音

流水有约

有一种绿，当它一点一滴
跌落到水里，静谧之河
也就剩下可以追抚的林荫

我没有勇气，退守到一株树
全盘接纳种子与嫩芽
一阵阵的细雨渴念而闪烁
赋予我更多的绿意
更多的枝头透过星光
我从月光弦上一跃而起
所有流水，都有孤独的停顿

这沿着叶脉淌下的河流
这战栗着的挥向自己的枝条
唯有你啊，唯有你明亮如春风
才能覆盖我的良宵

第六辑

隐于万物

不沉的河流

它袒露出了黑色幽默
我的涕零……干涩、卑微
快乐或悲悯，不一而足
安静容易使人懈怠
无声的音乐逆流成河
风的脉动，沿着波纹旋律
所有声音都是鱼的轻呼
那个被河水豢养的人
在倒影以外……足迹和身心
风暴中枯萎的浪花
使他看起来更像一条沉船

他扑向水里的天空
就像船篙撑断苦难时刻
双臂勾连出沉默之力
用湛蓝的河的魂灵

来吧，尽管每一片涟漪
破碎了——无不成为一种奢望
来吧，哪怕昼伏夜行的飞鱼
离开水，如同离开庇佑的风雨
远水与近火
从来都不是你的绝唱

掬　水

湖水留住完整的颜色
不是微澜……被船划破了谜底
找到散失的那一块斑驳
你已经是满头白霜
谁还有时间说
灵魂摆渡到人生另一端

哦，每一滴水珠
都埋藏一朵不羁的浪花
隔着久远记忆，让血液汹涌
拍打你平庸的内心
也让你孤独，伤痕累累

归于水，无法洗涤混浊的雨
更多春潮，也接纳不了太多眼泪
你掬水自恃……哦，今夜新雨
余生将重新汇集、冲刷

留下湖泊，可以眺望
可以死而复生

与水书

在这里，我看清自己的腑脏
透明的呼吸，无色之鳃
一条前世漏网的鱼
洄游得如此艰辛

白月光与朱砂痣，来不及混沌
来不及平息体内波浪
仿佛一切回归消亡
眼前……平凡生活
我们卑微地让出了河水
让出浮萍与垂柳，荣辱和悲欢……

从掬起的水里游弋，却已没有堤岸
春水乍寒，开始收割水草
如果我能一直游到湖水变蓝
是因为孤独——也能赋予信仰
弯弯的小船，撞向空空的肉体
撞向我，才有历久的重逢

踏　浪

无限感慨细雨的激流
飞扬腕力，伞的
弧线，划出一条雾化之河

我的舱板漂洋过来
它是船的肋骨……它是点睛
小河浜掀开春水的诡秘
我的眼睛盛满春天的幽蓝

波痕——抖动花瓣上愁容
浪起时，一朵朵菊花绽开
我看见明亮的航道退隐
这苍茫的彼岸，迷离的妖娆
已想象不出勇气的来源

再也找不到半截纤绳
给奔腾的河流，打一个死结
只有心如止水……越来越混沌
哦，人生到了扳艄的前夜
我的双手在不停地舀水
汇流成河——
身上布满破碎的浪花

永恒的小船

散步时，总看到这艘上岸的小船
我同情它永不言弃的形骸
袒露的灵魂与大地合体
却昂然抬起船头，赎回命运
卸下支离破碎的浪花
疲惫尘世……但愿吧，混沌与错失

无法再说扬帆，照亮昨夜孤星
我尽可抽出跳板，飞身一跃
被一阵风弹出时光之外
重新回到原点，钟声化解一切哀愁
慢慢清澈的幻影、心境
它汇聚血液里——闪烁的奔流
破碎舱板，或是永恒黑夜
承受死亡一次次撞击

水声已被刻蚀在石卵上
经过的……都是遗弃的自我
哦，跟着一个温暖的泡沫
我跌跌撞撞，春波荡漾

重现的雨

四月，固守深夜的某一角
待援。春潮带雨——带来灵魂的小舟
幻听里桨声，偷渡曾经的你
无奈的空舱：你是蚕蛹还是压舱板？
隔着一个世纪的湍急
听到雨水已经摘取静音
水墨河山消隐过去……又重现了你
现在，有条大河拦在面前
茧和桑叶，难用一根丝线了断
盗火者被受潮的秸秆所围困
就这样——你的生涩坚硬的内壁
叩响春天第一声绝望
为情、为命、为断送的爱和悲伤
为远方，白色圣帛的亲吻
蜷曲、唱诵……在细雨中呼唤、飞跃

风吹，草动

顽劣的、不知疲倦的曼舞
被扑击的青冈树进入高音区
我的疼痛与风声有关
整夜的折磨
关节吱嘎地响，像摇晃的枝杈
慢慢地将屋子抬起
悬浮的竹榻，滑过山峰、草木……
迫降了——
我抱紧从前的自己：单薄、卑微
无助，却又甘于寂寞
听到芦雁共鸣，也是平庸的应答
嚼着草药，咽一口溪水
我们交汇的时间，已经不再有重逢
夜鸟、小兽……苦难的朋友呵
同时被另一场风暴驱逐
更亮的月色，也无法唤醒沉睡
在我恍惚未定的惊梦里，继续寻觅
在狂风中特立独行

山　行

在此山与那山之间
找到一片细密的雪花
凝结、急坠、飞溅——
我制造了加速度，我自作孽
才有了属于自己的天空
深渊，不过让体内……灵魂触底
冷却万物，送上濒死之吻

现在我将离开山涧
确信每株野菊花，对应一个
苍白的心灵，嘲讽晦暗的银河印象
入水和出水——谷底已成为云烟
或许是春风化雨，出世入世
让水柱不断地融化、流动
我抱紧伤痛，慢慢释放雪的重量
感受山体吸附、洪荒之力

一次次粉碎了现实，我无路可退
而万山红遍
行走的小兽和甲虫呵
在我苦寒的思念中，奔涌远方
在对视里泯灭恩怨

归途书

相同的小径，却是不同归途
夜晚我放飞一些声音
让它们各自找到回音壁
一声慢词，一句酒令
有时，胸腔吐出一口恶气
折射的——不是水袖里波折
也不是惊悚的流星雨
沉睡的林间……回流闪烁之光

远道而来的暮雀，引我上岸
失乐园里错摆了道具
我放弃杉树，让刷着石灰的树干
——戴上白袖套的手臂
高举黑夜栅栏，齐刷刷挡住
爱与偏执，握住的晦暗
林荫深处……我的平淡人生啊
迷茫至此，源于我双目的近视
感谢绿叶赋予我幸运
感念春风收留我的不幸
也感恩平庸——
能让我一辈子不停地挣扎

隐于万物

有一种明黄，能照透人腑脏
譬如遇见了油菜花
一只蜜蜂就成我的寄托
当手臂和翅膀融为一体
我已在遥远的河边，暗自伤神
黄色聚力下：崇高、执念
——形而上的柳条与直觉
隔岸这水……那水，留住的背景
墙面，洗不净尘世间的暗黄
我还是听到木鱼声响
……矜持地入世、入水，鳍杆疾速飞扬
唯有逃亡之侠，给予悔过者勇气
浮动卑微的水泡、落英

当我重又上岸，已找不回新生
再多的缤纷也难以接纳
自己的孤独与不完美
黄色——隐于万物的喧嚣
你的每次静谧，都是大难后的
一次庇佑，一片冰心

飘浮未定的绚烂

现在，你提前打开花蕊
我也卸下整日的伪装
卸下一夜残妆，所有毛孔
暗淡荒芜，布满太多的杂草
以无尽的——且过与平庸
忍受飘浮未定的绚烂

你拒绝身体复返
还有沉睡，梦呓暂留在枝头
一阵轰鸣如潮汐……在寂静的时刻
我触摸你的滚烫柱体
那个已被自己所禁锢的
笼中鸟……为树干所禁
长出万古长青的独木舟
为流水禁，我们可否试试：
“这般颜色做将来”——
折叠好船，放回你的芳菲之洲
在摇晃的尘世放下软梯
在我放浪的四月，开枝散叶

草地书

草地是适宜于回忆的
落叶只用于割舍
雨水滴落，我们也会慢慢淡去
没有一丝印痕，也无留恋与摇曳
曾经的甲虫嗜草为生
它们以灵魂摆渡
远离乱风中的彼岸花
现在，我收拾了被遗弃的绿毯
仿佛岁月翻动那些隐情
如果还有骑乘飞毯的好奇
谁能凭运气——逃脱于空中密室？
那是生命中消亡的一部分
是河流在血管里延续
再次冲击后，飞逝的另一部分
闭合的火焰大白于世
林间只剩一个人在走动
为此，我悄悄尾随一朵白云
已追不上自己了，这次第花开
这游散的灵魂树……让我恍然如梦

等待确信

等到花香四溢，已是黄昏
膝头，一本难以摊平的诗集
每个文字凝结着芬芳
像一颗颗无法暴露的种子
在春夜喜雨的土壤神驰
我合上书，却已没有春风
变暗的窠巢，似在谋划一场风暴
归鸟撕烂了坍塌的篷帐
如果我能以樱花来确信
是因为诗句读出一道闪电
让一棵树，去苦苦支撑大厦
感到落花才是伟大的妥协
论成败，我们曾豪迈地收拾死亡
大不了东方不败，大不了
常吃点腌菜，脸上偷现什么——
一点微笑而不是皱纹

清明雨

一些雨总会如期而至
比如清明的雨……浊气之水
打落在故人的名字堆里
一个个恍惚的影子，倾斜着疾驰
僵桃树头，开出人面桃花
有人出生了
有人禅坐闭合的花蕾
白头翁飞离杜牧的哭丧地
被一滴血无限放大的血缘
什么时候，消逝的光芒能够收回生命？
寒食节，唯有孤魂——热得要死
我听到骨骼深处的鼓响
雨水像鼓面一样奔腾、捶击
我掬起了水，却已不再是
今天的河流……先辈们
——你们尚能饭否？
飧食内拌有安慰剂，还有迷魂汤
不要当真，更不必为活人所累
二级响应了各自安好
学会在牧童的手游里串换角色
在我的悼诗中各奔前程
宇宙的尽头
晴空万里

关不上的窗

在四月，雁阵似已散乱阵脚
凋零的翎毛回不去了
那一场倒春寒……喋血之啼
所有嫩芽都占有一片薄云
我们在迎奉什么？
衔起这只温暖如春的纸的窠巢
里面有扇关不上的窗
铺满了阳光与情话
搭好竹篱，牵牛花留住问候
许多时候我经历过不堪
却难以成为悲歌中的秉持
联想到完美……寂寥才是最好的结局
花朵也如此，我摘取了她的不幸
夜就黑了下来
所以老天唤我守住这份病历
我就借助这夜色，点燃每一个伤痛
让风扒开绝望之焰
——灸草内，有妖姬的香灰
阵阵雁鸣，催促我捉拿流毒和余孽

樱花树下

我们幽禁于林荫下。樱花恍惚
不知冬天已悄然归零
白雀恰恰地叫，燃起体内的湿气
让我看起来更像一个病人
等待修剪烦躁的生长
而隔年伤痛——粗枝大叶地活着
震撼到病毒的细小碎片
从花瓣战栗的低音符
到啮咬的蚜虫，蹚过雷区
被击穿的——
不仅是未烬的光的重量

我无法跨出这隔开的四月天
去领略一棵树的孤单
和阳光带来的芬芳、灿烂
迷离与麻木，人心也只隔一层肚皮
隔离，囚鸟……感伤自由之惑
如果我们能伸手挽起春风
草木归其泽唤醒黎明
齐刷刷的樱花树，如手臂高举
——我们的歌声向太阳
走出阴影，所有的小路都是大地

寂静远离我们

是寂静远离了我们，不是我
一个停摆的钟锤
已被午时抛弃在夜宴
错乱的钟声，发不出共鸣
看起来更像个醉酒之人

樱花将成为时光之殇
她的缤纷之美，刀锋削去春寒
每一次低眉，像酒瓶内回光
返照双眸……短暂的相聚

滴酒，只为天空点亮清新的梦
花瓣打开沉默是金
滴答滴答流动——以一条河
一棵树，呈现生命的烟火气
幽禁的时间，停滞在我栅栏外
有无边无际的暗香

穿　越

昏鸦的尾稚，一扫天色积郁
形神如悬浮之鲫
正在接近黄昏的真相
脚下的水势，不断盈涨
逼近了，却是散不开的烟霭
一腔孤勇
我们成不了出头櫄子
也许夜的和声，让彼此无猜

它的沉寂让我开不了口
而心已喧嚣，像飞行器马达
起风了，天空倒映月色与彷徨
压住垂柳和堤岸
我们互相穿越——对方距离
远方有多远，路有多近
只是在一起流亡

春　岸

我看到过河水泛起怒潮
呼啸，喷薄——
一场新雨来得晚了
无边落叶，那些沉迷的灵魂
飞扑进浪底，每颗水珠
仿佛风铃不停地转动
拨旋沙弥的头颅……在炫舞，在拨动
迎奉今世高光时刻

我仅报以愧疚的长叩
无法倾吐爱或恨
——过往云烟成雨
秉持的孤傲，解开重生之缆
一片浮叶凌空向我驶来
那不断推送的深邃与残忍

以细波般的渐进，抵达春岸
恓惶和戒备，黑夜破晓
一次次把自己惊醒
舷边明月光，把我淹没
这空空的长河的重量
这心灵断桥……最后的菩提枝

江南有好雨

细雨后面垒起的虚幻宫殿
诗和词——就这样徒手垂立
滴滴答答地诵读着
故国啊，家园啊……没完没了
你甩动宽大的衣袂，让魅影附体
由此斩获江南悱恻之美
凤仙花、夹竹桃纷纷落水
指甲溅满血色的殷红
雨声中，人头成一颗硕大的水珠
挣脱前世……罪孽和深渊
有时候难以察觉你
抖掉水珠后，全身神清气爽
——另一个你，那么纯情、羸弱
那么依恋，烟雨深深的幽暗
如诗句依恋它——
平仄不分的嘉兴口音
如一缕的青丝
绾住那个难解死结。多少雨，这笔墨
这洇散的变淡的怨念
把你的全部沉默，收拢进
纸伞的大殿

幻城之恋

天空之镜，一片梦幻的大海
云层蓝色记忆，涛声闪烁
倒插的桅杆穿越穹顶
世事似乎开始重置，翻转了世纪
你吮着奶咖，头顶梦呓的波浪
滑过草坪，滑过城墙上风暴
失控于自己的陈年轨迹
钟声飘浮不定……像遥远的神明
忽暗忽明总让你心存侥幸
侥幸一只蚂蚁爬出死亡
为鲜亮的指甲画蛇添足
这是初春的午后，纸鸢尚未升天
梓树开出白花如霜降
而你的爱情——反复结冰
冰结了，电话一直没人打来
是否铃声变了，云如流水
海盐也未必苦涩

永远的雨

永远的雨，只知延续昨日
只知久别之春……敲打陈旧的伤痛
那多余的情，将被花朵掳获
浮萍揿入混沌池塘
而你的执着，拒绝吸纳与出卖
在黑暗中留住一窝漩涡
潮湿、纷披的风雨，有金属腥味
却封住羽毛凌厉之舞
一只雨燕，梦呓的幸存者
双翼尚有热力——为你失去重量
这是三月的细雨，伞重新打开天空
受潮的壁虎，在林间练习死亡
光线被爪子撕成乱麻状
有更多的亮度，或许也难以亮剑
蓄满太多的故事，流传至今
水势亘古不变，如安魂曲
平坦的草地，你抚摸自己的温柔
像黎明前舒展无数叶脉
每片绿叶都是沙沙的轻吟

拒绝或歌唱

大雨被挡在黄昏的窗台
我无法与松树深情地凝望
被风追赶一夜，只剩下空洞之果
松果……如我心中的那团幽火

无法描述它身上条条沟壑
大地肤色，百灵鸟颜色
为什么我会藏在篝火歌唱
是因为奔腾血脉——
和饱含的银色的雨珠
蕴含了盐分，弹拨出一片涛声……

我会在春雨的间歇，去寻找
蛛丝的断头，雨的尽头
成为生命不可或缺的追求
不管绿叶盛满雨季多少的
——心事，不管蜘蛛能否收网
留下一个无奈的残局
虚化的线条……是爱的终结

学会拒绝——被扔出窗的石子
一粒很小的介质
春夜深潭，产生巨大回响

三月的想象

雨点被一种声音所放弃
夹入风中……简繁、疏朗
并没有消弭你的沉疴
剩下部分，仿佛寂静之光
开始一截截纷呈，飞针走线
——游弋于世，游离于世
夹入树缝……你平息体内喧嚣
所谓光线，漏到远处成惊悚
你听到黄叶内低低的轰鸣
像飞机悬于空中——
也许像生命的延续，让波浪推开
在死亡的积层云，点起火焰
你想象，却没有多余的温暖
破裂的青枫，早就揉碎在密林里
如果还剩一条光明之尾
是因为无法平静的山谷，闭合天空
唯有心中那道闪电
压住舌底下风暴，沉闷地响起

神　曲

风尘卷起了整条小道
泥土留住溃散的过去
远方已没有退路
你一个人的歌唱，将成终曲
面对旷野前雨雾与忧伤
马齿苋、野蒿、水芹……混沌初心
“既见君子”，就让草木归其泽
至此，我也将放下了黎明
微风透明，唤来万千花蕾——
藤蔓从琴弦上惊醒，每一声抖动
跨越纷飞的雪花、迷离锦瑟
我用唇语还原你心绪
随松针满地遍野地找寻松树
虬枝上，那被你蜇破的露珠
我们学会萦绕与爱怜
哦，雾气总会在我的喉头涌动
每一次翻腾的节奏，让绿草飞奔
成你嘹亮的回旋序曲
打开我——打开我体内的深宫旧怨
也只是短暂地战栗一下

听　花

屋前的梨花悄然开了
甲虫初试了新翼，灌满风的迷恋
飞到曾经被拒绝的枝头
翅膀上抖音，今晚低音区
回放一个季节的薄凉

当树下的空地消失了
春光里，我们面对芬芳的谜面
像我对过去，从来不报以一丝同情

花蕊上，飘浮漫天的黑眼睛
晶亮亮地洞穿每一瓣露水
我要把一生的病痛史都撂下
未必相怜……时光会拂去积怨
而点点凄美，像一串滴不尽的热泪
像一把折不断的枯枝
我全无顾忌，深深地呼吸——

如　同

如同雨水倾泻天空
你体内飞沙走石，轰鸣之声
如同暮光，自己错失最后的轻盈
所有的呼喊，产生真诚渴望

可以吹起路边沙砾
压垮枯木，砸烂腐朽和病毒
扶起羸弱的小树苗
——你多么准确地抵达
雨雾、轻风、雏燕
所有鸟语，各有各的唱词

纸鸢，飘离你春心荡漾的胸口
而我仍是一条慵懒的船
为了头顶滑落的细雨
为了把你吸附进去，我卷入
无边的荒草，那是难以自拔的
沉寂，也是极度的坚冰

迷失于春风

整天迷失在春风里
像一团四处飘散的蓝藻
静默地呼吸，这混沌的湖泊
这苍茫与深邃，别样时光——
前世、旷世、来日……心灵历程
隔着一瓣落花的距离

所以我不敢苏醒，也不敢入梦
把自己深埋于双膝内
等待被唤起，被绽放
从枝头，跃入每一朵新蕾
萌发另一种新生，忘记自持

我歌唱，却早已不见丛林
初春鸟鸣……我喉咙口的梵音
如果还能唤醒我自己
那是轻风，正在悄悄靠近

春　汛

小船打开一朵朵浪花
因用力过猛而产生了漩涡
我再也无法回头，扳艄——
扳起迂回曲折的汛期

缆绳上有个死结
对于流水泛起的警觉
吹生了心头幽绿火苗
每一个不洁的灵魂
被春夜紧紧捏住，温润与潮热——
手心传递出另一片星空
使我更像条无处可逃的鱼
再也无意替流水续命
接受船橹——对肉体的撞击

柔软的台风

全身最为脆弱的腰肢
软得像一条河，没有落叶知秋
没有重如枷锁般的果实
只有台风到来的时候
你才是真正站直的一棵树

到处在冒泡的——万物生长
我向往的泡沫从未破灭
等你摇曳的心旌变得平静
成为今夜里的静穆
我听到的风就是雨

图书在版编目（CIP）数据

有点爱是安静的 / 柳文龙著. -- 武汉 : 长江文艺出版社, 2025. 6. -- ISBN 978-7-5702-3972-6

Ⅰ. I227

中国国家版本馆 CIP 数据核字第 2025CP6157 号

有点爱是安静的

YOUDIAN AI SHI ANJING DE

责任编辑：胡　璇　　　　责任校对：程华清

封面设计：源画设计　　　　责任印制：邱　莉　王光兴

出版：长江出版传媒　长江文艺出版社

地址：武汉市雄楚大街 268 号　　　　邮编：430070

发行：长江文艺出版社

http://www.cjlap.com

印刷：湖北新华印务有限公司

开本：880 毫米×1230 毫米　1/32　　　　印张：6.5

版次：2025 年 6 月第 1 版　　　　2025 年 6 月第 1 次印刷

行数：4750 行

定价：58.00 元